文学之都
未来诗空

五种疲倦

庞余亮 著

江苏凤凰文艺出版社
JIANGSU PHOENIX LITERATURE AND ART PUBLISHING

图书在版编目（ＣＩＰ）数据

五种疲倦 / 庞余亮著. -- 南京：江苏凤凰文艺出版社，2023.1
（文学之都·未来诗空）
ISBN 978-7-5594-7233-5

Ⅰ.①五… Ⅱ.①庞… Ⅲ.①诗集—中国—当代
Ⅳ.①I227

中国版本图书馆 CIP 数据核字 (2022) 第 203236 号

五种疲倦

庞余亮　著

出　版　人	张在健
选 题 策 划	于奎潮　陈　武
责 任 编 辑	孙楚楚
特 约 编 辑	秦国娟
责 任 印 制	刘　巍
出 版 发 行	江苏凤凰文艺出版社
	南京市中央路 165 号，邮编：210009
出版社网址	http://www.jswenyi.com
印　　　刷	三河市华东印刷有限公司
开　　　本	880 毫米 × 1230 毫米　1/32
印　　　张	9.625
字　　　数	182 千字
版　　　次	2023 年 1 月第 1 版
印　　　次	2023 年 1 月第 1 次印刷
标 准 书 号	ISBN 978-7-5594-7233-5
定　　　价	65.00 元

江苏凤凰文艺版图书凡印刷、装订错误，可向出版社调换，联系电话 025 - 83280257

眺望忠诚岁月

庞余亮

1984年的扬州肯定目睹了一个穿着棉袄、踏着松紧口布鞋的家伙。不知道17岁的他目睹了扬州什么。沿着史可法路向东，在市工艺美术公司折向南，是扬州最老的一条路——国庆路。我去国庆路的新华书店总是步行着去，那时候我刚刚爱上了写诗，我那中学式的学院里面书很少，我只能从自己牙缝里挤出钱来买书。而那时我还没有学会辨别，只知道热爱，只要是诗与散文，我都要想方设法地买下来。我买了一大堆价格不高、良莠不齐的书，所以那时的我在阅读上是盲目的。但其中——我误打误撞选中了一本上海外语教育出版社出版的书：《俄苏名家散文选》。封面朴素，上面仅印有两株白桦（我青春的白桦），封底仅署"0.31元"。（什么时候我们这些书生能再享受这低廉的书价？）而这本带有我青春体温的书，如今边角已卷成了疲倦的茧皮——它握住了什么？

这本仅有79页的散文集一共收入8位作家18篇灿烂的散文——当时我们读多了类似杨朔的散文，类似刘白羽的散文——我一下子有点目眩。这是一片多么蔚蓝的天空,蓝得连我怯弱的影子都融掉了。我像一朵羞怯的矢车菊一样,在这蔚蓝的王国里、在这文字的火焰里摇曳不已……你好啊,屠格涅夫!你好啊,蒲宁!你好啊,普里什文!你好啊,契诃夫!你好啊,帕乌斯托夫斯基!还有托尔斯泰、柯罗连科,还有《海燕》之外的高尔基。我过去的关于"起承转合"的散文写作方式一下子被冲垮了……我学习(或者叫模仿)着写下了我的第一行诗,想想多稚嫩——"雾走了,留下了一颗颗水晶心"——多年以后我只记住了这一句,而再看看普里什文的《林中水滴》,我觉得了了我的矫情,但我跨出了我面前最关键的一步,我从我的身体中不由自主地跨了出去——由于这蔚蓝的王国里一朵矢车菊的诱惑:"去年,为了在伐木地点做一个标记,我们砍断了一棵小白桦树;几乎只有一根狭狭的树皮条还把树声和树根连在一起。今年我找到了这个地方,令人不胜惊讶的是:这棵砍断的小白桦还是碧绿碧绿的,显然是因为树皮条在向挂着的枝丫提供养分。"这是普里什文说的。在以后这么多日子中,我经历了多次搬书:从扬州到黄邳,又从黄邳到沙沟,在沙沟又经历了几次,再到我现在居住的长江边的小城靖江。但这本书和我的诗歌一直还在,它们在我的身边陪伴着我,像一对默默无闻的老朋友。每当出门的时候,我会带上一个写诗的草稿本,还有这本薄薄的《俄苏名家散文选》。我可以把它和草稿本一起卷起来塞到裤兜里,也可以把它朝旅行包的一个角落一扔,与那些牙刷手巾们并肩睡在一起。有时候在旅途中睡不着，我就会在这本旧书的呼噜声中，把诗歌草稿本打开，继续做诗人的梦。

这么多年过去了，我写了不下1000首诗了吧，但我又把很多曾令我沸腾过的诗给扔掉了，只有这本已经有35岁的书一直还在，它陪在我的身边，像童年陪伴过我的老狗。这本《五种疲倦》里的200余首诗就来自夹在这本老书中没有扔掉的草稿。忠诚的"老狗"啊，如果不是它的陪伴，我都不知道我的下一行诗从什么地方开始。35年了，有多少灯光之夜，我们面面相对，默默无言，一起并肩眺望那忠诚岁月，我看到了柯罗连科的《灯光》、屠格涅夫的《鸽子》、契诃夫的《河上》、蒲宁的《"希望号"》、高尔基的《早晨》、帕乌斯托夫斯基的《黄色的光》。多少疲倦的夜晚，我和它在使劲地划桨……不过，在前面毕竟有着——灯光！……是的，前面仍然有着灯光，有着一片蔚蓝的天空。

"蔚蓝的王国啊！我看见过你……在梦中。"（屠格涅夫语）

目录 contents

五种疲倦

001		我总是说到麻雀
003		在人间
004		鹧鸪天
005		我有一个致命的短板
007		报母亲大人书
011		荒凉图
013		永恸之日
014		就像你不认识的王二……
015		我听见了骨头
017		忍　冬
019		财神菩萨
020		弯腰拾麦
021		瓢虫记

022	微生物的低语
024	土豆喊疼
026	夏日红花
027	启
028	卑微者肖像
029	火中的土豆
030	弯曲下来
031	老地址是安全的
032	活着并倾听——
033	未衰的心
034	所谓诗人
035	子　曰
036	孤独的人必须步行回家
037	寂静的蒲公英说开就开
038	零
039	五种疲倦
041	蒙尘的时光——过去
042	奔跑的梯子
043	我所爱过的生活
044	往　日
046	秘密愿望的狗
047	一　天
049	比目鱼

050	冻死大象的夜晚
052	趁着钉子尚未醒来
053	理想生活
055	候鸟之死
056	星期之车
057	四元素
059	我们像蚯蚓一样沉睡
060	你会拍巴掌吗
061	草　说
062	聋子说
063	红灯记
065	薄薄的沮丧
066	错误之大
067	西湖之夜
068	如　果
070	木柄命运
072	杯底的人们
074	夜车过芜湖
076	浪费了一夜的月光
077	活下去，并且赞美——
078	食泥者
079	九月重临
080	黑衣服

081	铅　笔
082	年　华
083	塑　造
085	说明书
086	纵容之美
087	秘密小道
088	我们必须是代词
089	落花生
090	牺　牲
091	泥嘴唇
093	陡　峭
094	生　涯
095	爱鸟周
096	马蹄铁
098	幸　福
099	捕蛙人
100	千岛湖
102	黄河象
103	真　相
105	青铜肝脏
107	月光邮路
109	我见到了洪水……
110	融雪之日

112	月光曲
113	初秋已至
114	四月颂
115	积雪下的蚂蚁
116	耕耘之疼
117	小锡兵
118	投　影
119	间　隙
120	挨　守
121	结晶体
122	劳　动
124	愈高的枝头愈是摇晃不已
126	章鱼的御敌术
128	秋风辞
129	十斤麦种
131	不一定是头疼
132	弃　婴
133	理发师如是说
134	广告张贴画
135	题昔日黑白照
136	两棵枣树
138	注意事项
139	八月的中学

140	叨念陈景润
142	亲爱的老韭菜
144	泥　炭
145	每天……
146	云　势
147	哑巴的推销术
148	寂寞是个小男人
149	牙齿紧紧咬着嘴唇
150	内　详
151	灌　溉
153	杂　技
154	一顶鸭舌帽
156	未完成的水洼
157	挂在墙上的人
158	废纸们
159	遍地是忧伤的碎银
160	采　集
161	这一天
163	重大的谎言
165	失败之诗
167	夏日黄昏的雪
169	这年头的雄心
170	脾　气

172	过往的哀恸
174	些许的凉风也是奢侈的
176	咬紧牙关的草都成了稻草灰
178	卖掉旧书的下午
181	那些说不清楚的时刻
183	失眠者不合时宜
185	一分为二的老哲学
187	沉湎于这尘世太久
189	小夜曲
191	毁　灭
193	傍晚的风突然转向
194	瓷寿星
195	清名桥之夜
197	南瓜抄
199	必须有一副热心肠
201	苦　嘴
203	为妈妈表演吞针术
205	旧书堆总时不时倒下来
206	芳香也是罪过
207	万花筒，斑地锦
209	伊
210	北门槛
211	池　塘

212	落叶滚满山坡
213	熊
214	结在高处的柿子
215	倾斜的太平洋
217	修行与自嘲
219	小团体之歌
220	盛大的夏
221	老友记
222	走　廊
223	表演者
224	废话游戏
225	苦月亮，白眼狼
227	辜　负
229	小运河
230	漫长的午睡
232	鹳雀楼
234	原谅的牛皮
236	这年头的木头
238	长夜里的夹竹桃
239	这世上的小峡谷
240	总有几把铅笔刀是饥饿的
242	路上总会有些零散的谷粒
243	每一粒固执己见的稻谷

245	大家都有挖土的任务
247	亥时清单
248	腌臜记
249	十年前的秋天
250	这么漫长的岁月
251	另一个地址的兄弟
253	它们都需要早安的慰藉
255	疲惫之夜
256	脂肪也可以理解一切
258	每个人的白门牙
259	所有的仰望
261	意杨林
262	日　子
263	多年前的平原
264	我所写过的词语
266	旧地图的顽症
267	骑车过江
269	它只是想说说哀伤
270	懒惰的灵魂千篇一律
272	赎
273	消失的浆果
274	父亲们总死在秋天里
276	我也写过油菜花

278	我只有在深夜里散步
279	微波塔
280	更多的尘土也要安静下来
282	缓慢地转身
283	年轻的铁
284	蒙　霜
285	曙光示真
287	致——
288	颤抖笔记
289	无力的宏愿总是这样

我总是说到麻雀

我总是说到麻雀,这些老家
最卑微的鸟,便如雨点般降临
它们丑陋、瘦小,但会叽叽喳喳
说得那么快,但我总是听不清楚
我只知道,那些榆树丛中的麻雀
是一枚枚榆钱。苦楝树上的麻雀
是一粒粒苦楝。在打谷场上的麻雀
是一颗颗稻穗。麻雀们
在少年的手中,就是一只只土坷垃
他总想掷出去
但总是掷不出去的麻雀啊
此刻正在去年的草垛上睡觉
我不能说起它们,一说起
它们就会像雨点般降临
打湿晾衣绳上的旧衣裳
这些如早夭小弟的精灵的麻雀啊
我不能说起它们,也不能说起老家

那个少年,说得那么多,说得那么快
还是没一个人听懂他说话的意思

在人间

能疼痛的不会衰老
而悲伤总会变得脸老皮厚
去湖南的火车上,我从清晨的车窗上
看见了母亲那张憔悴的脸
在北京,燕京啤酒之夜
在出租车的反光镜上
看见了父亲愤怒的表情
逝去的亲人总是这样
猛然扯出我在人间的苦根

鹧鸪天

每个人都有晦暗的日子
直到把春天耗尽
小麦灌浆
油菜结籽
沉甸甸的汁液令它们大片大片倒伏
视线里的凹凸
仿佛证实了使命碾压的粗暴
田野的某处
有只鹧鸪在大声祈愿
悔恨实在太密集了
就像遍布河堤的一年蓬
也是这样空旷的初夏
在老家的妈妈
拆掉一座旧年的草堆
烧开了那碗求菩萨保佑的符水

我有一个致命的短板

在暮春里行走
我紧绷着一副讨伐世界的脸
踩死了占据整条路的芥菜
芥末的辛辣气
也不能阻止我继续撒泼
我拔掉了齐腰高的野莴苣
池塘干涸了
被偷走的小鹅已不需要
它最挚爱的食物
还要藏匿在老农具中间
那把生锈的大砍刀
砍掉伸出墙头的梨树枝
上面的果梨
像小拳头样砸向我
这样的伪抒情
可维系着生活的庸碌
我有一个致命的短板

一旦坦露亲情

必须立刻衰老

——我要用这无垠的绿荫

保持一座坟墓的轮廓

报母亲大人书

妈妈，月光下喊你一声
老屋的瓦就落地一片
生活分崩离析
记忆无比清醒
我，继续被岁月暴力运输
"小心轻放"：昔日小学荒芜
"此面向上"：昔日中学锁紧
"保持干燥"：凋零的故乡
早易了大名
妈妈，你抿紧着你的厚嘴唇
委屈也不多言
如冒充哑巴的泥塑
不习惯担忧天下
肥硕的心
贮有冒烟的窟窿
纵火的少年，你还在吗？
1984年冬夜，大二的我

反复抄写一个词：流浪

1988年春夜，把无法带走的旧书信

烧开了一锅水

1992年夏夜，拔掉智齿，进入婚姻

1994年秋夜，半个父亲

在一团乱草中去世

2003年，妈妈，你睁大眼睛

饿死了你和我

这些年，我倦于看书，倦于旅行

倦于举杯

要么枕头太硬

要么又太软

脾气不好的父亲，如铜锤花脸

在我身上留下的伤疤

一共七个

我不是记仇的人

从一数到七

北斗七星长照我未写完的句子

妈妈，喜欢苦情戏的妈妈

想不到最后的集合

是为你送葬

如今，他们出轨的出轨，离婚的离婚

嗜赌的那位早忘了你的忌日

逃跑的债主

是炒股失败的花旦

带着永不还钱的决绝躲在某地

令酷似你的肖像模糊

在一张虚假的身份证下度日

妈妈，你说我是继续关心他们

长着和你一样的脸的他们

还是决心忘掉他们

长着和我一样的脸的他们

无人打扫的楼梯上

我是唯一的脚印

在网上消耗时光的不是我

是另一个名字

在应酬的碎片中虚荣的

也不是我

服下白药片：鼻眼间勾画的白

表示去日苦多

服下黑药片：去日里不乏乐

但没人证明的快乐

就是导致失眠的谎言

"贪心不足蛇吞象"

这不是我的唱词

妈妈,我是在固执中渡河的

黄河象。锯下长板牙

可做上朝的笏板

亦可做一副象牙麻将

砖头返回到泥土

头发返回到眉毛

命运不信任橡皮

把金字刻在额头上

妈妈,你说我是迭配沧州的林冲

还是迭配孟州的武松

妈妈,月亮的铜鼓里

全是雨水

当初在门后烧掉的诗稿

被烟熏干的泪

又如何清算

妈妈,因你收容过的九个月

我已是一个失眠的天才

荒凉图

老村庄空荡,必须由麦地填满
田头的荒凉,也唯有馒头可解

(馒头,又称为馍馍
外形为半球形或长方体)

半球形馒头是手工做的,而长方体形
来自一把老菜刀的臧否
从蒸笼里的水汽中显形出来
那些刀痕早已隐匿

(馒头大小从直径 4 厘米左右
到直径 15 厘米左右)

家常的小馒头不待见
最常见的一笼五只大馒头
五双苦手在上面

摺成了梅花的粗指纹

（馒头通常以面粉和水
发酵后经过蒸制而成）

怀抱面粉的麦子
来自这乌云低垂的初夏
新鲜的麦茬口们
目睹了
无数的雨水在发酵

一个弯腰割麦的瘦老人
和来自安徽的收割机主
并坐在田埂上
咳嗽声此起彼伏
既像是在咳嗽接力
又像是和沉默的田野拔河

此刻，世界就是一枚破铜钱

永恸之日

在那个漫长而弯曲的清晨
是刚刚浇筑好的水泥船
驮着满船的我们
送他去殡仪馆火化
（请他听听哗哗的水声）
要记住那个塞过很多父亲的大铁抽屉
（不知他能否躲开烈焰中滚烫的铁）
砂粒般的骨灰装进小小的木匣
（木板的导热缓慢而持久）
雪白孝棒压住了那帧彩色遗像
（紧系衣领扣的他像是要呵斥）
墓地上的每一锹都在轰然作响
（谁听到了切断的蚯蚓和草根的喊叫）

此日埋葬了他：金木水火土
一行永恸之诗

就像你不认识的王二……

就像你不认识的王二,三杯山芋酒就酩酊大醉
呕吐,并且摔破了嘴唇。

就像你所认识的王二,三杯山芋酒就酩酊大醉
躺在墙角呼呼大睡。

就像你的父亲王二,三杯山芋酒就酩酊大醉
一边咒骂儿女,一边咒骂自己。

就像你的儿子王二,三杯山芋酒就酩酊大醉
你给了他一个嘴巴,他仍嘿嘿地傻笑。

就像你自己,三杯山芋酒,一边喝着一边哭泣着
眼睛啊,我并不想哭,是那个王二喝醉了酒。

我听见了骨头

我听见了骨头，206块骨头
在我身体里沉闷的合奏

我听见了肋骨的手风琴穿过了我的胸膛
我听见了指骨的笙抚摸了我的双手
我听见了髋骨与脊柱的吉他指挥着我的步伐
我还听见肱骨的笛声
穿越我的隧道和铁轨，一直抵达
我的头颅里和耳骨边——

我没有听见颅骨的声音
这颅骨的埙沉默着
还没有人能吹响它
低哑而沉痛的声音
但我相信，总有一天
死亡的嘴唇会来到我的身边，将它吹响

我一直努力在听，父亲说

我有 207 块骨头

从少年起我就寻求我的第 207 块骨头

很多人在嘲笑我

说那可能是猴尾巴

但没有它，我觉得我的欢乐五音不全

直到今天晚上，黑暗中

我听见骨头的闪电

在肉体中噼啪燃烧

爱人啊，你不要问我为什么欢乐、歌唱和流泪

因为我听见了骨头

第 207 块骨头之箫的高音酷似日出

忍 冬

必须要想一想，如何忍冬
类似煤气味汽油味混合的无法说清的气味
总是撞醒了正在做梦的忍冬花
要说说昨晚盛宴上的苦楚，也要说说
今晨饥饿中的坚持——谁能躲开血、渴望
和脾气不好的父亲？

必须低下头来想一想，如何忍冬
早晨八点钟的无奈，晚上六点钟的疲惫
拥挤的公共汽车在我的前列腺中开来开去
要说说会骂人的儿子，也要说说爱哭的女儿
缠在我食指上的伤筋膏药
像是在为这个冬天戴孝，又像是忍冬花开

有掺泥的煤饼，有抄袭的论文，有套装的情话
也有活了七十岁不知道生活的人
谁能在热气腾腾的公共浴池里游上一个冬天？

还是让胖人成佛,瘦人成仙
而牙痛的我面对广阔的生活不能说出:
——多少乌鸦自蒙古飞来,忍冬花开

财神菩萨

寒风中,一盏手提灯照亮的小县城的夜晚
那一张又一张枯瘦的脸
在摆夜摊的人群中浮现:严峻的父亲
缄默的母亲和睡意渐浓的小弟
在等待今晚的财神菩萨

但更多的是滞销的无奈——夏日的蚊虫早已消失
小人物的痛楚只能用儿女的明天安慰
那天上的星星如银币般闪烁
直到大地的夜色渐浓,令白日的菜刀越磨越快

弯腰拾麦

一场生活过后,就像麦收后
母亲领着我们弯腰拾麦——

多少年了,习惯弯腰的我们
经历了无数次爱情和失败
总有一束阳光,打在田野上那排英俊的白杨树上

瓢虫记

刚刚六月,孩子们把面包师们
统统赶到了打麦场上

几个星期下来,面包师们的衣裳从白变灰
像橡皮反复修改过的一张纸

还是六月,面包师们继续被孩子们
赶到打麦场上,必须把麦秸秆堆成金草帽

还必须把麦子们装到大嘴巴的口袋里
一麻袋生字,一麻袋应用题

磨坊里,孩子们骑着驴子磨面
红瓦下,蝉声烤熟了六月之炉——

喏,你面前的面包或许是孩子们的橡皮泥
而疲倦的面包师早成了黑星瓢虫

微生物的低语

老台灯在黑夜里总是梦见午后的眼白
漏油的圆珠笔又爱上返潮的稿纸
这年头我睁大了双眼
寻找着日常生活的奇迹

动物凶猛,植物们
又太茂盛。而我这么多年
还在痴痴地孵着达·芬奇的老鸡蛋
因为诗歌,也因为生活

在单位里我不提诗歌
在日记中我不诅咒
帮老婆绕绕毛线,为女儿削削铅笔
这就是一种微生物或叫诗歌细菌

一只苍蝇对我就是一架飞机
一滴露珠对我就是一片大海

我把这么多年所说的声音加起来
能否比得上一声鸟鸣

你看不见我总是热泪盈眶
你也不知我总是夜不能寐
只要有一点点心跳就够了
我就能举起我自己的身体

夜深人静的时候,我对自己说
我的诗歌细菌,你不要怕越写越小
在生活这团抹布上
你要和其他微生物相亲相爱

土豆喊疼

土豆总是喊疼,而我们不相信
是的,土豆总是揉着肚子滚来滚去
他说腹部总是疼
我们以为他在撒谎

他还说他的头在疼,我们还说这个懒弟弟
必须老老实实把今天的作业做完

他说他的皮肤疼
我们说必须把身上的泥点去掉
必须洗澡,抹上肥皂……

土豆依旧喊疼,睡到地窖中的土豆依旧喊疼
我们开始嘲笑土豆,为什么总是喊疼?
再后来他就不喊疼了
在窖中沉默多年

当春天把他挖出
——土豆弟弟全身冰凉

夏日红花

夏日红花,我又看见了红花
把众生省略

夏日的红花如此灿烂
又如此衰败,把众生覆盖

我内心的树长了整整一夜
我内心的蝉唱了整个夏天

如果夏日红花已谢,你可以安睡一夜
如果夏日红花又开,你必须彻夜失眠

它在啼叫,它在嘶鸣,它在黑夜里
拼命地呐喊,夏日红花已开——

夏日红花已开,众生喧嚷
在白日里重来

启

总有难过的事,总有难说的话
恰如喝下的酒,躲不了的红舌头

那浮肿的脸总是呈现,你必须看见
那镶金的假牙总是在比喻
你就像那万能的食指
指向什么地方便是"唯一"

那悲哀的马,垂着唯一的头
那快乐的苍蝇,唱着唯一的歌
那薄薄的纸币,购买了唯一的生活

是的,总有难过的事,总有难说的话
我不说,让你说,让你伸出红红的舌头——
表示嘴里什么也没有

卑微者肖像

你所目击的痛苦会在你的缄默里酿酒
你所索要的一支烟会在你的嘴唇间

你所看见的人都喜欢微笑着点头
仿佛他们都认识你,记起了你深夜梦中的咳嗽

你有点疲倦的面容会被一只劣质打火机点亮
只一瞬,你又会熄灭在岁月的无穷里

善解人意的纸烟一寸一寸地回忆
是云南还是河南某地老烟农的呐喊

你焦黄的手指,你黑漆漆的胃
你努力忍着的一口痰终于咽了下去

怀念着幸运的死者,祝福着幸运的生者
你在满屋的煤烟中把一壶水烧开

火中的土豆

辛酸的母亲,春天已经来了
而她仍然得削着土豆
一大堆土豆,一小堆土豆皮
像是在剥开这个春天的脸,将被烤黄的脸
春天已经来了
多少只土豆的脸就这么被母亲的手削成了我们的模样
在火中,我们还这样不懂事地向母亲微笑着

弯曲下来

春天了,盈满水的苹果树枝弯曲下来——

或者是我在向生活致敬

我不能不拒绝随之而来的夏天
我们曾经的爱,我们曾经的死亡
悬满了枝头

而昨日就是一只巨大的苹果虫
在我的身体里不停地咀嚼、排泄和生产
为了宽恕它,我们砍下了整整一座疼痛的苹果园

老地址是安全的

老地址是安全的
那里有埋有父母亲的坟墓
学校里的空教室
水泥路上的破标牌
还有这些年未能寄出的
旧课本旧笔记
部分在死去,部分在关闭,部分在撤并
唯有老地址
暂时维系着
那未崩之岸,如果
要绕过这中年的决绝
藏下那易老面孔的忧伤
就必须在一封家书里写下
那失踪已久的童年之雪

——你,仅仅是雪地里
那只饥饿的老邮筒

活着并倾听——

活着并倾听——
阔叶林的落叶就像男人坠地
细叶林的落叶就像女人坠地
整整一夜,无数个男人和女人
不停地坠地

就像一夜秋风。我看见的枝头上都空空如也
一场生活结束了
必须用死来纪念
——之后是寂静,半行诗的寂静

未衰的心

母亲沉默着
我不能多说一句话

这是秋天!骏马蹿得更高
祖国更加辽阔——

还是让未衰的心驰骋吧
直至遇见群山为止

仰望雪峰
我泪流满面

所谓诗人

我说的话有半屋子
我浪费的纸有一吨

我既像一个老教师
又像一个退休的更夫

那么凉,又那么坚硬
我曾爱过,也曾恨过

我做错的事在一本书中
我遭遇的人将一个个消失

金钱命令我扁下去
脂肪又命令我圆起来

喏,我既是狱卒,又是死囚
我唯一的罪行就是写诗

子 曰

迷惘……齐鲁大地上或者还有些麦子
风吹起漫天的灰尘,五月更加迷惘
饥饿的牛车,饥饿的孔子
越过这一切,眺望——

命运啊命运,你的箭矢,我的命运

孤独的人必须步行回家

我不能在星空中坐得太久
妈妈的心已经疼了
她默默地忍受着
在三棵榆树下眺望

我跟在甲壳虫似的汽车后
缓慢地步行
有几颗星星落下来
变成了一块块小石头

多少霓虹灯多少泪水
能被它们照亮的有几颗
我不能在星空中坐得太久
妈妈的心已经疼了

寂静的蒲公英说开就开

寂静的蒲公英说开就开,并把金黄的蜜汁
到处洒滴……
小路边,墙角上,还有我的日记中
类似新婚少妇的笑容——

疼痛啊,我爱你疼痛之后的幸福
孩子啊,我爱你哭泣之后的红唇
我爱这苦难坚守的春天

零

当秋日在下午的田野上蹑足而行
那些黄的、红的树叶似眩晕
并屏住呼吸——
曾经的虎啸，使大地灿烂、斑斓

哦，下午多么漫长
宽恕还那么遥远
我的眼中总有一群蚂蚁在搬运

一切都在减……
对于一切，零又是多么美
零的嘴唇，零的秋天

五种疲倦

缄默的橡皮
可擦去驼背的小石桥
台阶吃了青草也属虚构
鱼肠般的小河
已疲倦成
一座吐水泡的鱼市场

那被镇压了的河妖
栖居在蓝色塑料鱼盆里
埋头思乡
疲倦的巴西龟
眨着它小小的红眼睛

藏在书本里的饵料
早已无人问津
翻开通讯录的同时
疲倦的指甲也剥开了

他膝盖上的鳞片

于是在一堆鱼鳞中
捡到了一颗金牙
还有从鱼肚里
摸到了一只银手镯
口红撬开了疲倦的嘴唇

眺望，就此打住！
十三颗鱼眼睛
必须用一种修辞串起来
挂在这个诗人
疲倦的脖子上

蒙尘的时光一一过去

我弯腰低头不仅是长年劳作
我是习惯了我内心的向日葵
那种在简易公路边的向日葵
在灰尘中开花,低下头微笑
黑脸膛上白牙齿闪现
整整一夜的微风
或许能洗出金黄的清晨……

我目送着我心头的乘客们远去
曾经金黄的清晨我低下头去
蒙尘的时光——过去
谦卑将我取名为向日葵

奔跑的梯子

我的青春曾像绿梯子一样的丝瓜藤
在大地上奔跑——
很多花就在高处开
很多花就在远处开
很多丝瓜就结在了陌生的地方
再也没有回来

绿梯子,黄梯子,灰梯子
如果我已苍老,脸皮像老丝瓜一样
两只眼睛像丝瓜籽一样
但愿还能够看见
我青春的黑梯子
还在大地上不停地奔跑——

咚咚,咚咚,如果鼓声不停
我的青春啊,你坚决不要在空中停下来!

我所爱过的生活

被蝉声锯开的大树,被下午锯开的今天
被钱锯开的一个人

双手向下,马车卷起的灰尘久久不能落下
时光之屑——秒,像蚂蚁一样搬运

往　日

被爱情折磨的人啊
守着自己的影子
在风中的影子一动不动
——泪水走了，你的影子动不动呢

远处的风景一晃而过
院前的鸡冠花又红了
请告诉我早晨的旭日傍晚的夕阳
谁能引颈啼一啼呢

飘忽的裙裾啊依旧
上面的印花鲜艳
时候到了，它会不会芳香四溢
又会不会花瓣飘零

有几瓣在水面上成了桃花汛
也会有几瓣在茶杯里成为花茶

有几瓣就这么落了
无影无踪,从未再回家

天井里晃来晃去的晾衣绳啊
请告诉我这一切的真实性
我等待你词语的恩赐
同时给我一桶水和一个清亮的额头

秘密愿望的狗

或者是为了青春,或者是为了
一首从中学起就开始想写的诗
秘密愿望的狗群
总是在深夜校园里吠个不停……

——或者只是为了这寂静的校园
必须吠个不停,但没有声音
秘密愿望的狗
一只又一只消失在黑夜里……

直到澄黄的月亮剪纸——
子夜时分,出现在空旷的操场上。

一 天

沉重的野兽——穿越
生活这个针孔,而把我留下
作为屠夫之子,在嗷嗷的猪嚎声中醒来
等待血色的黎明降临

上午是父亲总洗不干净的工作服
松软地挂在墙上
中午是母亲熬的一碗浓浓的猪蹄汤
它所走过的路
我午睡时所经历的梦

下午是在水中洗来洗去的屠刀
闪闪发光的时间
到了黄昏就生锈,天空中
是猪群涌动

黑夜里,父亲鼾声如雷

失眠的我们翻身
屋脊上的瓦垄不动
而沉重的野兽就——穿越了
生活这个小小的针孔

比目鱼

　　——致海子

你死去,你永远年轻
我活着,我不断衰老

诗歌之兔已被复制成小说之肉
我已被你复制成我们
相同的生活,相同的人在死去
在拥挤的浑浊的车厢里,十一年一晃而过

父亲的火车锈迹斑斑
山海关的铁轨永远锃亮——

作为苟活者,我们眺望
作为眺望者,我们眼疼
作为眼疼者,我们是风干了的比目鱼

冻死大象的夜晚

冻死大象的夜晚,你的梦中
曾出现过一场模糊的集体舞
大家手携着手
随着年轻的八十年代翩翩起舞

一晃就到了中年的模样
耳朵向下,肚皮变大
支气管也有了一些问题
说话总是说一半。而留下的一半
就慢慢变成了顽固的龋齿——

由于它,你必须每月去一次牙医诊所
牙医细声细语的政策
牙钳锈迹斑斑地执行
类似九十年代暧昧的气味
你曾看见那劣质的象牙遍地——

或许那儿就是你梦寐以求的象之谷!
冻死大象的夜晚
动物园方向,曾有一两声汽笛
从昔日的护城河如今的环城路上传出——

大象轰然倒地,众星跌翻,你还在沉睡
梦游的饲养员依旧沿街把大家的门一一推开
凌晨时分,还是那疼痛的龋齿叫醒了你
看见了这冻死大象的夜晚的尾部像一截草绳

趁着钉子尚未醒来

十二月,像最后一块木板
那些余下的钉子越来越冷了
抓紧时间把它们钉进
那些枯草中的头颅里吧

如果修辞像大雪
把这一年的总结全部涂抹
那些钉子就会隐匿在我们背后
安静地生锈或做着泥泞的梦

鱼骨在风中转向
锤子在水下痛哭
趁着钉子尚未醒来
还是往那些未能如愿的头颅上
钉上钉子吧——
黑暗中,被侮辱的,被损害的
寒星一样闪现

理想生活

你要知道,对于她,我昔日认识的一个女子
一切都是错误的

去诊所的下午
其实是她没睡醒的清晨

她用口红涂出她的微笑
她又用口罩遮住她的红唇
去诊所的路上
我们的哀求,我们的羞辱,我们的愤怒
对于她,类似出租汽车上的反光镜
众人向她扑来,又向后退去——

可是,为什么要让她为我们怀孕
不清不白的父亲
不清不白的产钳
在诊所的下午,她付出苍白的疼痛

而我们是一群血淋淋的理想

我们必须诞生,你们必须梦见

候鸟之死

年年岁末,那些春天飞走的白头翁
又会回来,满头的雪——

白日里,它们张开翅膀覆盖我
使我想起了雪山之巅上
还有多少孤独的登山者

黑暗里,它们收拢了翅膀,带着雪山睡眠
而多少灰尘在向下落,这些分秒的遗体
我听见了雪崩声一阵又一阵传来——
我来不及惊呼,青春已在雪被下冰凉

星期之车

星期之车驶过,日子之鼠
被轧成了一张鼠皮

星期一的黎明,我们扁着身体热爱生活
上星期写下的文字
早被模糊不清的环卫工人扫走了

这是爱国卫生运动的第一天
我爱你,戴口罩的生活
不说脏话的生活
勤洗手勤剪指甲的生活
并把双手向大家摊开的生活——

请保持整整一星期的卫生
在周末的停车站,我可以随地吐痰
并用瓜子壳、废话和匿名信
诬蔑这过去了的一星期

四元素

"热血、辛劳、眼泪和汗水……"
这四元素的生活开始了。

我的热血涂在我的热狗上。
我的辛劳或许就是麦当劳。
我的眼泪和汗水
一个是可口可乐,一个是百事可乐
可以仰面才能喝下去的生活啊。

我们的热爱,我们的仇恨
我们的女子,我们的草,我们的小鸟——
必须把眼睛深深地闭上
才能面对生活——

哦,四元素的生活,类似四眼猫
它弓着身体,类似战马
我看见了首相丘吉尔骑在上面行走

他所愤怒的二战早已结束

而四元素铸造的生活早就开始了

我们像蚯蚓一样沉睡

月光下,卑微的灵魂可以长得
很高,像那些无名的菌类
能高过那些沉默的灌木丛
怀念的,生活的
它们全都为自己的陌生轻轻啜泣

月光下,我们像蚯蚓一样沉睡
我们说过的话,我们掘过的土
堆在一旁——

前生恍如昨日
幽暗的明日尚在黑暗的羊水中
我们像蚯蚓一样沉睡
我们说过的话,我们掘过的土
全都像头发一样堆放在我们的头上

你会拍巴掌吗

你会拍巴掌吗——一只巴掌
会拍响你的后脑袋

你会拍巴掌吗——两只巴掌
会拍疼一两空气
进入你的胸膛里,它仍在疼

你会拍巴掌吗——
把那飞过操场上空的鸟儿
震落下来……

你会拍巴掌吗?
左手套努力地拍打着右手套

空气不疼
我们也听不见

草 说

他们踩着草远去
一些草被踩得弯下腰去
一些草也就慢慢地挺起腰来
默默地看着他们远去
又有一些人踩了过来
一些草又被踩得弯下腰去
一会儿它们还会挺起腰来
看着那些人走远的背影

皇天，光阴，马匹，野火
等一场大雨浇灭了滚滚红尘
是我们站在那小道上伸头张望

聋子说

我看见的人群寂静
他们挥舞着手,张合着嘴巴,像一条条鱼。

我看见的人群寂静
他们聚集,他们分开,他们奔走,向一棵棵树。

我看见的人群寂静
他们吃饭,他们流泪,像一个个哑巴。

我看见的人群寂静
他们追赶他们,他们殴打他们,他们生下他们,像一只只老鼠。

我看见的人群寂静
我杀死他们,他们躺下,我也躺下,一片寂静。

红灯记

一颗拆迁的心脏能说些什么
它猛烈地收缩与缓慢地扩张

我的手指也摸不到它的嘴唇
像一群字和一群词跟随了我这么多年
我的错别字的小学,倒笔顺的中学
和草书的大学。多么卑微又多么无力
我同样不能说出那跟在我身后的废墟——

被禁止的疼痛,还有禁忌中的幸福
像晚年的恒星一样
服下寂寞和诅咒的铁轨

这是骷髅高举的一盏红灯!
它猛烈地收缩和缓慢地扩张
身体内的火车啊

我听见了你长长的汽笛，你低低的怒吼
黑夜里，为什么你还在轰隆隆地狂奔——

薄薄的沮丧

有些诗根本就没有写过
有些人根本就不在梦中

像刺猬,不知道已经刺痛了谁
像虚词,让它说,又能说些什么?

刚想启唇,就闭上了口
疲惫的心已蒙上了薄薄的沮丧

还是读读堂·吉诃德吧
让他与我决斗,并且把我杀死在日记中

有些人根本就不在梦中
有些诗根本就没有写过

错误之大

错误之大,大不过珠穆朗玛峰
我看见又一批登山队员沿着雪坡而上
就像我在梦里的试卷上写下的错别字
我无法醒来,又无法擦去

幸福之大,大不过西湖一角
我看见又一批游客在湖中央落水
许多游客以为在乘凉
我以为他们因为水凉而叫喊

从零到九,从正面到反面
为了热爱生活,我曾经无数次地转生
如今我转生为你,错误的你,幸福的你
可要学会向生活致敬

西湖之夜

一天的斗争已经过去了
连月亮也低下了它血红色的羽毛
像风尘女子的迅速衰老
西湖正泛着微微的粼光

只有那一只眼的猫头鹰
蹲在诸山的茶园里幽幽叹息：
铜啊，铜月亮
纸啊，纸月亮

一天的斗争已经过去了
明天不知道又是谁将死去
西湖边总是有一些卑怯的幽灵
子夜里，他们曾游到了湖面上
到了黎明，他们都潜到了深黑的湖底

如　果

如果——如果结在童年的枝叶里
到时候由我负责吐出果核

我们像"那么"一样长大
汗水里的盐，泪水里的盐
还有发丛里的盐
并不是因为舌头而结晶

晒盐场那只浸白的手指
肯定不完全是白
殡仪馆里刚刚画好的嘴唇
也不仅仅是鲜红

一场热气腾腾的生活被大海运走
晶莹的晒盐场突然变黑
镜子里的人吐出假牙

这不是"如果"的果核

也不能由我说出

木柄命运

薄嘴唇的命运是如此相似
固执的脾气:要么出言不逊
要么不开金口
远方是一群哑巴在卖刀
他们无声地用刀剁着
更为固执的钢筋

而近处是白日之斧
它越跑越快,不断震落的雪
把我的双足裹住——

雪中树,一棵比一棵矮
我在树干上的脸
不叫树号,而叫作哑巴兄弟
在冬天的瓦盆里的睡眠
请让它们梦见初春的白嘴鸦

秒之雪,反复折磨
白日之斧砍下的新伤
黑夜之泥又重新涂好
这是木柄命运的保证

杯底的人们

如果你不介意,他们就会像茶叶一样
沉在了茶杯的底部
隔着厚厚的玻璃
你会看见他们脸上的汗水

水泥厂的灰,化肥厂的气味
你喝完这杯茶之后就不见了
而纺织厂,这只巨大的促织
已经跳进了你喉咙的深井中

还有糖厂可爱的呼吸
茶水之静,与重机厂的心跳
没有关系——二十四小时不停的心跳
就这么停止了,不是我
而是寂静捂住了你的耳朵

可是杯底的人们一言不发

恰似湖底多年前的积薪
在春天到来之前
他们在杯底劳动，玻璃在桌上流汗

夜车过芜湖

说得最多的不是夜色、灯火
以及这里昔日的米市
而是不久前的一场空难
在天上往下落的时候
会不会有一种眩晕感？

而在芜湖，长江大桥尚未把长江
变成灌溉暗渠之前，高谈阔论的司机
和在高速公路上疾驰的汽车
必须学会忍受渡船的缓慢
以及它锈迹斑斑的迟钝

那钢铁渡船在黑暗的江水里
像一头在沤田里睡眠的老牛
江水中的稻田，汽车中的浊气
一群旅客对着长江断断续续地撒尿
当对岸造船厂的焊弧之光拉响了汽笛——

仿佛是抄袭,所有人不见了

而昏睡的汽车都醒了过来

它们都在等待靠岸前的战栗……

浪费了一夜的月光

黑的头发,白的骨头
还有灰色的木头上的萤火虫

月亮在尖叫,多少灰烬
啊,多少灰烬,多少事物

比如生活,已成了焦尾琴
喑哑的声音像是追悼——
已被宽恕的,随风而逝
将获永安的,在地下安息

那金龟子和不安的亡灵
还会带着皮囊继续狂奔
月光就这么浪费了一夜
月光肯定浪费了一夜!

活下去,并且赞美——

那些埋在生活阴影部分的水管
进行到某夜,忧郁之泉会喷射而出
冷不防溅了我一身
如同夜莺清凉的歌唱:
活下去,并且赞美——

这也是我内心深藏的渴望
在生活的阴影部分里活着
那些未知的水管们
是不是像树根一样默默延伸……

或许有一天,它会寻找到
地底深处蓝宝石一样的大海
以及我在贫困中由衷的赞美

食泥者

低于泥土之下,居住着谎言的蚯蚓
和虚词的根须

作为食泥者,我们的黑胃沉重
锈犁切开我们的手指
——中间是零

低于泥土之下,多少名词呐喊
低于泥土之下,多少动词沉睡
低于泥土之下,是谣言的骨头
我亡父的毛发

九月重临

九月重临,操场上的草
完成了它们短暂的一生

多少少年之足将它们磨损
暴力的足球在上面滚动
总有人作为鼹鼠,比如我
会小心翼翼地记下这一页
并把哑了两个月的钟声敲响——

死亡的死亡,复活的复活
一些人会将一些人抄袭
一些人还会将一些人篡改
——又一个九月重临

黑衣服

黑夜这壶水浇下去，肯定
有什么在倾覆，有什么在吮吸
还有什么在盛开——

总有一处秘密的湿迹
像件黑衣服的跌落

风吹不走它
风只会把它越吹越轻
到了清晨，它的版图证明

铅 笔

整整一个夜晚用来削铅笔
木屑遍地,铅笔芯的黑
始终没有出现——

整整一个白天用来削手指
虚妄已经出现,而疼痛的人
始终背着我们在人群中疾行——

被他撞疼的人,被他撞倒的人
被他疾行之风带过的人
渐渐露出了铅笔芯恐惧的黑

年 华

细菌在地下挨饿
它们靠睡眠生存
我在儿子面前做着父亲
靠拍他的小马屁生存

每天和我的老自行车一起
忍受着每天清晨学校门口密集的刹车声
运气好的时候,我能够在滚滚灰尘中
看见那颗疲惫的启明星

塑 造

春天来了，你得加紧在你所爱的土地上耕耘
种子不断地撒落，塑造我的橡皮擦

春天来了，你还得搓好草绳抽打你所仇恨的男人
闪电的鞭痕从天空中迎面劈来
塑造我们的矮鼻梁

你得咳嗽，你得存款，你得向蒙面人借钱
在雪水中骑着租来的自行车，在车站寻找父亲
在灰尘满面的工地上寻找失踪的日历

不，还远远不止这些，寂静的春天里
树皮变得黝黑，石头变得潮湿，看守所的夜晚
总是久久不能安静下来

我的内心也不能安静下来，因为爱上了你，因为你的缄默
在这春天里塑造、眺望和偷偷写诗

因为你的谎言，你的堕落、背叛和惩罚
那泥泞的兔子已经长到和我的窗台一样的高

说明书

比如我写诗写了这么多年
我只拥有了狗的忧郁症
比如在那日子的皮毛下
多少虱子的努力,多少词语的徒劳——

这些天,我总是想念一位新逝的诗人
他在土地的怀抱中
就像我在日子的皮毛下
他还能够说些什么——

比如鼹鼠,比如一只冻僵的燕子
比如我大拇指上的某人
比如就要到来的初春

纵容之美

夏：汗水浸松了众生
大地纵容了杂草

蛇蜿行的时候，像一个主题
从午睡中醒来
只能发现几枚白色的蛇蛋
肩并肩地粘在一起

它们每一枚里都有一条小蛇
我们中每一个都有野心

夏：河水浸松了堤岸
大海纵容了蔚蓝

——我赞美

秘密小道

树林沉睡，落叶无声
多少亡灵在安详地散步
有时我能看见一阵旋风
挟持着灰尘努力地上升——

最终它们还得像我一样回来
坐在一只无名坟包上
学习一朵野菊花羞怯的蓝

而这一切，恰恰能化作一片月光，在今晚
找到那条横穿树林的秘密小道

我们必须是代词

榆树枝在二月里就像烧焦了一样
我记起了去年写下的那些潦草的字
那些黑色的模糊的麻雀
像一个个土块被一只手从天抛下——

却没有一粒打中我们
却没有一粒打中我们中任何一个
所以语文老师用翘舌音说
我们必须是代词

落花生

请在每一个夜晚关心那自卑的月亮
关心面前已经受潮的白纸

关心昔日在造纸厂受难的芦苇
关心那镰刀下的芦苇

关心在土中仍像青筋一样窜行的芦根

请关心总是言不达意的每一个夜晚
关心每一个端正和潦草的字

关心每一颗落花生一样的标点符号
关心那两只辛劳的手
并紧紧相握,给我们的明天写信

牺 牲

是五月大地上的麦群，是五月天上的鸦群

还有麦群中弯腰的农民，鸦群中翻滚的乌云

如果有一把铅笔刀，我就削开我的食指

如果有一把木头枪，我就把它含在口中

如果什么也没有，如果连羊也一只只走失
我就把自己当作牺牲
献给闪电、土地和女人

泥嘴唇

那些脏孩子
总是白天沉睡,夜晚醒来
在寂寞的夜晚,我会想念他们
他们却在我的内心消失
有时候我已昏睡
他们会像星星一样
整整一夜都在追逐、喧闹

那些脏孩子
他们的裸足激溅起的几滴黑夜之汁
就成了我一生中
几个为数不多的幸福之夜

请不要将尖刻的白日之眼
射向那些惊兔似的孩子
也不要说起肥皂似的怜悯
那会使他们在草丛中隐匿得无影无踪

在人群中行走我常常会听见
他们的啜泣类似碎玻璃

我爱他们野鹿之蹄的践踏
我爱他们秘密之泉的灌溉
白天沉睡，我是他们怯怯的梦呓
夜晚醒来，我是他们泥做的嘴唇

陡 峭

那一年,我在黄山莲花峰下
一个面目不清的人
在我们的头顶上飞身而下
然后就死在我们的惊叹中
好似莲花突然怒放

那些抢救的人,也是那些打捞废弃物的工人
系着缆绳,沿着陡峭的悬崖
滑到谷底,抢救
我们已经面目全非的旅游

陡峭!陡峭地观看令我们眩晕
久久不能看清这面目全非的生活
直至今天,我不敢吃肉
直至今天,我到了阳台上
我就想飞——

生　涯

一个上午就用来努力回忆
依旧是空白
一个中午就用来喝酒
依旧是头疼——

一个下午就用来痛哭，呕吐，沉睡
黄昏时你还翻了一下身
之后你一定会重逢半夜的月光
像凛冽的死亡迎头痛击——

之后是黎明，你啜泣的露珠
之后又是上午，你虚妄的生涯

爱鸟周

谁在一棵大树上贴上了标语!
一群鸟儿被惊醒了
它们,你们,还有她们
一下子被播撒在空气中

爱鸟周,爱鸟周
我们将以此热爱生活一星期

马蹄铁

　　——致亡父

四道粗麻绳捆住了一匹马
四个麻铁匠抡起了大铁锤

钉马掌的日子里
我总是拼命地隔着窗户喊叫
但马听不见,它低垂着头,吐出
最后一口黑蚕豆

畜生!父亲劈手一鞭子
这是为我们家的马好呢
……他双手还是提出了粗麻绳

哦,马蹄铁,我哭着狂奔
脚下的马蹄铁越跑越重
又越跑越轻盈,嘚嘚,嘚嘚——

疼痛早已消失,步伐也越来越中年
我睁开眼来——
父亲,我自以为跑遍了整个生活
其实我只是跑出了一个马蹄形的港口

幸 福

不要和你所爱的女人结婚
就像不用你所熟悉的词语写日记

或许蜻蜓们知道这一点
它们的尾巴,我们的指甲
总是固执地伴随我们的一生

所谓的幸福
就是不修辞,不写诗,不炒股
不和我们爱的女人结婚
不在我们的生活中生下我们

捕蛙人

夏夜田野上的磷火闪烁
没有能力将我悲哀的脸照亮
我知道有许多不眠的捕蛙人
此时正悄悄地走近我——

我必须忍住,不能说话
更不能歌唱
像一只哑蛙,在你们的胡须中
在你们紧抿的嘴唇边沉默

有多少生存,就有多少死亡
就像有多少实词
就得用多少虚词
从我们的嘴唇边长出来

否则我们就是披着蛙皮的白骨
否则我们就是夏夜窜行的白骨闪电

千岛湖

灰尘满面的天鹅属于鸟岛的天鹅园
不能飞翔,仅仅能够眺望到
翡翠色千岛湖上如鸭的游人

叽叽喳喳地诉说
那湖水,那清澈……

园中落羽枚枚,一只天鹅
拍打一双大翅膀
……全身的痒
多少虱子咬住了它?

灰尘就这样弥漫开来
围观的游客捂住了口鼻

害羞……天鹅弯曲长长的颈项
尽力埋进了灰塘

蛇岛上被搅乱了睡眠的蛇
弯曲得更紧
环绕着这湖中虚构的岛

黄河象

愿望不要熄灭,也不要实现
就像我所渴慕的死亡
众多的金丝猴被剥去了金丝衣
在我的体内痛哭
就像粉红的婴儿一样

没有衣服就无法慰藉
没有修辞就无法歌颂
多么荒谬的午餐,在正午的阳光下
我们吃下去的儿子
我们呕出来的兔子——

它们在前面奔跑,拐弯
一会儿就不见了踪影
或许有一天,我们终于原谅了生活
在清晨醒来,露珠闪闪的我们张开口来
是绝迹已久的黄河象

真　相

爬山虎的野心呈现在银行大楼的后墙上
以及两只掉了毛的耳套

黑狗在奔跑，它被打狗队打断了一条腿
像一个不规则动词
在雪地上奔跑

所有的真相都被掩藏了
穿皮鞋的人冻红了鼻子
像是在赞美这冬日之夜

三更过后，福利院的老人在我们的内心
一个一个地死去
其中有我久未谋面的老父亲——

我们睡在马槽里的儿子病了

全身滚烫，嘴唇似火
冬日之夜，我们紧紧抱着他取暖

青铜肝脏

我知道你内心的沉默
我也知道你内心的青铜
但我不知道该如何去拯救
你的嘴唇紧闭,你的右臂轻扬
这么多年,你就这么站在市民广场
向锈迹斑斑的大家致意

或者是向锈迹斑斑的我们致意
多少人总是熟视无睹
多少人总是迅速绕开了你
不知在深夜,你会不会走下底座
——有人曾经听到你剧烈地咳嗽

我知道你的失望已忍受了这么多年
我知道你的羞辱是鸟粪处处
某一日,你突然改变了姿势
上扬的手臂改按在了右腹部

我知道你那青铜的肝脏已变成了黄金肝脏

我知道你那黄金肝脏正在铮铮鸣响

父亲，你终于疼痛了，你真的疼痛了

月光邮路

一月的夜晚,来自西伯利亚的白鹤
在脚印重叠的操场上喊冷——

还有那月亮,贫血,多蛔虫的月亮
像孤儿,亚洲的孤儿
你为什么不说话?

多少秘密的信笺在我的内心喊
今天一定要把我寄出去
一定要把我寄出去
否则,有人将看见全部的星星……

可没有地址,也没有收信人
我要寄出的信那么轻,又那么长

你要看清那月光邮路上,到处是灰烬

寂寞已把灰烬搓成一根绳

我要寄出的信就像一根草绳那么长

我见到了洪水……

我见到了洪水,以及浑浊的洪水
所带来的愤怒的一切,你不要再说了

我见到了洪水过后的土地,以及遗忘在
土地上的尸骨、散木和碎玻璃
我还见到了碎玻璃的光芒
你不要再说了

我见过了梦中的洪水,滔天的洪水
众人的呼喊像金鱼吐着水泡
它们浮上水面并且破裂了
你不要再说了

所禁止的,所忌讳的,所赞美的……
可以用白漆标出,也可以用红灯亮起
你所爱的人和所爱的高楼都赤身裸体地走着
你不要再说了

融雪之日

我所梦想的,已经在昨夜消失
我听见了——整整一夜
响彻着众多兔子踏过林中雪地的隆隆雷声

只剩下那些掉落的兔毛比喻昔日
融雪之日……
有些迟疑,有些缓慢
向阳的部分泥泞不堪

雪地中的林子
多像是大街上的人群
有人戴着口罩,有人竖起了衣领
有人裹紧了风衣低头行走
那个穿制服的人皮靴上的积雪
多像是刚刷上去的石灰水……

融雪之日,类似刚刚成年的悲哀

这一天，我们会看不见一只兔子
这一天，我们在残雪之间跳着狐步舞

月光曲

月光下,一切都在不真实地生长
比如虚词,它在实词上生长
成为句子,成为一段话
猫头鹰作为主语叙述
表达爱,或者残废在草丛深处
蹲在那公墓的石碑上
它的嗓门被什么东西勒紧
音调的声音令我们惊悚——

月光曲,月光曲
虚词们围着我们无声地舞蹈

初秋已至

更多的是草籽般的小事物被忆起
那草籽会遍布大地,遍布我们的头发

更多的是把谢了顶的头低下
让剩下的头发更快地落到地上

更多的是铁锹般的惯性和沉默
面对着已经启动的挖墒机

更多的是被践踏的小事物
被挖掘为长长的墒沟

更多的是那些微不足道的墒沟
把我们的身体变成了初秋……

四月颂

四月啊,逝者刚被忆起就被忘记
花瓣落地,籽实沉重

四月啊,渐涨的河水否定了现实
大乳房的女子偷走了我的前半生

四月啊,在最幽暗的小道上
我和失眠的蚯蚓并肩奔跑——

四月啊,丑孩出世
露珠就是他背脊上的疤痕

积雪下的蚂蚁

如果能够想起远方的积雪

如果能够眺望到远方的积雪

如果我还在不断地暗下去——
在人才招聘会场的一角,在锈迹斑斑的车间里
在拥挤的人群中
我填上了你的名字

如果我能够找到你
我就请求你的宽恕

宽恕,宽恕这张盲目的纸
这盲目之纸上的抒情和诅咒
以及那远方冰凉的积雪
积雪下的那些蚂蚁

耕耘之疼

红色拖拉机的欲望
翻滚过的土地……
喘息、呻吟的声音
充满了废弃的灌溉渠

我爱你,像麻雀一样
在青草丛中出没
像逗号一样,在诗歌中出没
有时候逗号就被省略了

只剩下那些细蝌蚪
只剩下那些黑蝌蚪
只剩下这个忧伤而蓬勃的春天

小锡兵

——读《安徒生自传》

绕过去,他们总小心翼翼地绕过去
或者叫作虚构。羞怯的安徒生
虚构的一辆纸坦克、几个小锡兵
碾过了没有火柴的童年

再绕过去,连豌豆都是禁忌了
我不会忘记他们曾经尴尬的神色
如今只剩下西装革履的他
已经谢顶发福的他,发着牢骚
十岁的儿子,总是挨打——

他不停地哭泣,甚至声音
越来越大,像高音喇叭
对着他父亲的耳朵喊叫:
臭鞋匠,丑小鸭,法西西

投 影

当寂寞如寒潮一样来临
我认识的那些树,平原上孤独的树
落尽了叶子的树
那些怀抱尸骨生长的树
在地上早已秘密相爱

不读诗的人,连那些不规则的树枝的影子
也得不到

间　隙

我刚打了一个盹
米饭未熟，我带着我醒来——
一堆篝火年纪轻轻

我刚打了一个盹
米饭已熟，我带着我醒来——
面前是一堆黑色的灰烬

我刚打了一个盹
米饭已凉，我带着我醒来——
米饭里爬满了黑字的蚂蚁

我刚打了一个盹
米饭所剩无几，我带着我醒来——
已被谁搬到了空碗中

挨 守

我在十一月交出我硬如顽石的骨头
我在十二月交出我乱如麻绳的血管
我还在寂寞的一月交出我更加寂寞的皮肤

我在哑巴的二月交出我在书本中的头颅

三月里,众人的春日,照见我埋在玻璃瓶里的一颗心
为什么我总想找个地方大哭一场?

还有那莫名的忧伤,像一阵风
总是能在欢乐的风筝中准确地找到我挨守的灵魂
让风筝坠落、挂在空空的高压线上
既不能飞走,也不能回到我身体中来

结晶体

消失在我们身体中的盐
有一群成了泪水,有一群成了汗珠
还有一群裸露在堤坝上
逐渐被发电厂的煤炭所染黑
成为我们的黑嘴唇——

我们依旧口渴,依旧焦虑
在舌头上的盐停止喊叫之前
我们总是忧郁地摊在月光下
像刚围建好的晒盐场一样
面向蓝黑的大海结晶

劳 动

你见过的那双黑手的劳动
那双在煤球厂劳动过几十年的黑手
怎么也洗不净的黑手
像是在暗示——这黑手上
无数条煤渣小道通向命定的劳动

我兴许能走上其中的一条
多年以后,你却离开了我
在另一条煤渣小道的尽头张望

你见过那双黑手的劳动
在煤球厂几十年黑色的劳动
应该重见天日了
如今却耷拉下来,藏在松垮的裤兜里

——就像我家的蜂窝煤,我家的蜜蜂
全躲到了那黑暗里

那穿着劣质西装的蜂窝煤
挤出满脸微笑的蜂窝煤
露出一口白牙齿的蜂窝煤
拘谨不安的蜂窝煤
脾气温和的蜂窝煤
销路不畅的蜂窝煤

父亲啊,如果你见过那双黑手的劳动
如果你真的记得我的小名
火蜜蜂们就会和我一起飞
把你镀成纯金的蜂王

愈高的枝头愈是摇晃不已

你要知道,愈高的枝头
愈是摇晃不已,比如中年的胃总是
在疼,但并不出声
紧紧咬住自己的嘴唇

枝头上的月亮像自己的家一样
中风的老父亲,只剩下了一半
母亲的头发白了,像雪一样
是我内心永远的凉

还有孩子,在枝头上摇晃不已
风在吹!风吹个不停!
对待生活,对待贫穷和幸福
我们都应该把眼睛闭上

倾听,风吹落叶的声音
风吹高压电线的声音

风吹纸的声音,风吹头发的声音
风吹火焰的声音:一座树林在燃烧

枝头仍在摇晃不已!
虚构之叶在远处战栗
我们梦见的,我们将遭受惩罚
我们遭遇的,我们将泪流满面

章鱼的御敌术

从星期一到星期八
它的八只腕,八种话本在比手劲

章鱼的六只腕和我们绑在一起自习
还有两只腕值日:
一只腕点着学名,另一只腕叫着绰号

黑胡须,如果你能够在我们嘴唇上醒来
章鱼就和我们紧紧拥抱
八分之一的电流叫作小小幸福

但我怎么说?修辞的水藻
象征的乌贼,还有破折号的带鱼——

当多牙齿的鲨鱼一闪
我的章鱼就卷成了一只断线的毛线团
章鱼,你的初恋只能到此为止

章鱼的御敌术

或许叫作期末复习。而揉成一团的毛线衣

急急沉没在栗色的眼神里

秋风辞

树叶落下,果实呈现
野兔在草原上蹿出之后
大地上空空荡荡

秋风还在吹向我的故乡
我在默默
为背一捆草回家的妈妈祈祷
秋风在吹,吹长了她的白发
请不要,不要吹弯她的腰

天空借走了她褪色的蓝头巾
大地借走了她满头的乱发
我借走了她辛苦的手
追赶着秋风中滚动的果实

秋风的沉重她自己知悉
而妈妈从来不会说出

十斤麦种

十斤麦种被父亲均匀地播种在一亩地里

我醒来时已是不合时宜的十一月,哥哥的脸饿得发紫
但仍然要叫他父亲

母亲又被父亲痛打了一顿
她的头发散开,像十一月连绵的雨水

十斤麦种有一半被老鼠盗走
还有一半的一半烂在连绵的雨水中

这四分之一的希望我保存至今
在麻雀的尖喙下,在打谷场的缝隙中
在面粉厂的子夜,在馒头店的清晨——

我不得不流泪,不得不叫他父亲
十斤麦种都由他一人种下

用最小的弟弟换回的十斤山芋酒他喝了整整一个冬天
红脸的他，发火的他，呼呼大睡的他
多像我们鄙弃的老虫子

不一定是头疼

不一定是头疼,或者一定是头疼
一个词在疼

不一定是一个词在疼,或者是意义在疼
一个意义在疼

不一定是意义在疼,或者是他在疼
他的食指在疼

不一定是他的食指在疼,或者是我们在疼
大家的食指在疼

把食指伸出来,指向头,指向某处
不一定是头疼?

弃 婴

九点，戏剧散场了
多少人已和我一样漫不经心——
只有她，孤独的母亲，留在深夜里
打扫空荡荡的剧院和粗糙的灵魂

九点半，她会扫到一群瓜子壳、修辞
十点，她会扫到意义、废话和零星纸币
十一点，她会扫到一些旧报纸、一双臭袜子
十一点半，她会拾到一个静睡的弃婴

最疼痛的十二点
我们要做生活的好儿女

理发师如是说

说不上悲哀,也说不上欣喜
我听见那些被剪落的头发说:
无意义,无意义,无意义

说不上悲哀,也说不上欣喜
我听见那些被剪落的胡须说:
无意义,无意义,无意义

说不上悲哀,也说不上欣喜
我听见那些被剪落的鼻毛也总是说:
无意义,无意义,无意义

真的是说不上悲哀,也说不上欣喜
多少头屑们这么混在一起
还是无意义,无意义,无意义

广告张贴画

在一个铅云低垂、煤气味充斥的冬天
一个低头行走的冬天
一个没有哥哥的冬天里——

我们紧紧拥抱在一起
这个冬天,他们不贴标语,不扯横幅
仅仅把我俩贴在大街的拐弯处

我们紧紧拥抱在一起
不合时宜得像在表达我们的内心
那内分泌失调的禁忌……直到今天
我仍在微笑着
不知背过脸去的他在干些什么

我们紧紧拥抱在一起
我们紧紧拥抱在一起

题昔日黑白照

阳光、细沙、海滩、信风
拂过那青春的岛屿……
——回忆中的黄金
像椰子树一样被谁武断地砍下!

如今遍地是塑料袋、纸杯、易拉罐
一只只饥饿的海鸥像废纸一样耷拉着翅膀
一条搁浅的鲸鱼上遍布绿头苍蝇
青年时代的回忆令我感伤

有时候散步于大学一角
不耐饥的湖水一直盯着我们的脚印
我们把它妄称为大海
那时海浪阵阵,白帆点点
黑白照片,就这么严肃地眺望着未来的黑白

两棵枣树

一棵是枣树,另一棵也是枣树
两棵枣树一起进入夜晚
他便像黑暗中的秋叶战栗不止
亲爱的伤寒症令他消瘦……

"让我再写几页书吧,
让我帮那对苦命的人儿把情缘续完,
让我成为他们的私生子
让我从贫穷的童年里重新成长
像一只狗自己长大……"

一棵枣树在风中战栗不止
另一棵也在战栗不止——贫民窟的单身老汉
发着高烧:"让我再写几页书吧……"

再写几页:失业者。婚姻失败者。
高度近视的男人:现实遗失多日的一颗红枣

——可早已黑了!
进入夜晚,他便战栗不止
"让我再写几页书吧……"

整整一夜,一棵枣树上落下许多枣叶
另一棵枣树上也落下许多枣叶
而伤寒症的他,披着白衣坐在窗前
"如今轮到我,象征一个冬天。"

注意事项

你要知道你内心的一群人
他们黑色的头颅,他们明亮的眼睛
在空旷的场地上静坐

你要知道他们在黑暗中的渴望
时候到了,他们将梦想一根根取走
又一根根以自身证明火的规则

是啊,时候到了,疼痛的食指将化为灰烬
时候到了,被照亮的生活又归于沉默
你可知道:"谨防受潮,擦划要轻。"

八月的中学

八月的中学,与寂静订婚
我的内心杂草丛生,或许还有一只黄鼬
像女校长一样偶然一现

路上落叶积叠,不再有勤奋的值日生
但明天还会有更多的落叶落下来

——我总是听见有人说:死即美
中学的校园,八月死去,九月重生
蝉蜕了的老师们
会像名著一样必读

叨念陈景润

这个成功的人,虚弱的人
全身裸露青筋的人
像一种哲学在坚持
又像一声宿命在演绎

为什么会这样——因为永恒
他苦苦地眺望
他反复地演算
他不停地抽搐……

哦,在寂寞中咬牙抽搐的人
在人群中着黑衣的人
我多想知道你
对命运猜想的证明——

但这是绝望——多少人已忘记了你
我还在默默叨念你

叨念你的笨拙你的智慧

叨念你的执着你的痴迷,陈景润!

亲爱的老韭菜

除了那年在县城火葬场

与父亲的最后一面，锈迹斑斑的大铁门

把我的泪水哐当震落

整整八年，我没有流过一次泪水

也没有说过父亲一次坏话

没有父亲的日子里，我只能说，母亲

我们继续烧父亲喜爱的炒韭菜

火要大锅要热油要沸盐要多铲要快

过去他吃韭菜，我泡咸汤

现在你吃韭菜，我泡咸汤

我能吃下三碗粗米饭

直到饱嗝，像鱼泡一样升到童年的河面

母亲，捧了这么多年饭碗

我最好的食谱就是童年，就好像

父亲毫无理由的殴打

其实被自己父亲打，不值得骄傲

也不必羞耻。现在说起来

我一点也不疼了。八年了，我吃了八年炒韭菜

没敢说父亲一句坏话

我现在想说说：一年夏天

从未管过家务的父亲突然买菜

五斤老韭菜像一捆草，那么多

黄叶烂根。我拣了半天，你炒了一碗

老韭菜暧昧的女卖主

比老韭菜更加难以炒熟

母亲，你心平气和，不像我

猛然把韭菜汤泼掉

还泼掉了我委屈的泪水

现在想起来，昔日的韭菜汤

不是因为太咸，而是因为太淡

八年了，父亲，今天说出了你的坏话

我有点孤单，有点酸楚

嘴里还有点幸福的咸味

火要大锅要热油要沸盐要多铲要快

母亲，我向你学习

我要把这没有父亲的生活

称之为亲爱的老韭菜

泥　炭

生计像一把锈迹斑斑的锄头
锄头下是我们的野心和渴望
锄头过后,它们将全部枯萎和脱落
像一堆被火烤过后的草垛

而我们的脸已在渐渐发黑
如一块块被挖出来的泥炭
在阳光下,在大雪中,在黎明的黑暗中
我们像暗礁一样失眠

每天……

每天都有一个父亲在死去
每天的哀痛在我的内心像积雪
不要过分相信我的话
否则积雪就会融化,道路就会泥泞
我们说的话就全是诬蔑

云 势

今晚的云势令人不安
……或许你会从纸窗的洞口看过去
我在树林中低飞
深度近视眼,使我总是将树枝碰落

与之跌落的还有黑色的鸟巢
你眼下的一颗痣
我心中的一个疑点
低下头想一想——

为什么你不把那葵花之灯点亮
金色的葵花在月光中
像是灰烬——余烬令我尖叫
这劫后余生令我痛哭

哑巴的推销术

哑巴的推销术
就是手拿一把菜刀
快速地剁着一根钢筋

这是在黄昏,我们目睹下
他剁着一根钢筋,像剁着一根草绳
钢筋的崭新切口
婴儿一样睁开眼睛

深夜里我们不说话
深夜里我们高举着哑巴的菜刀
在人群中乱窜——

寂寞是个小男人

寂寞是个小男人
俯撑在地上
不停地做着俯卧撑
他折磨着自己
向下,向下,再向下——

直至胸大肌发达像女人
他胸前的寂寞

他的俯卧撑的寂寞
用双手吃力支撑的寂寞
他最后趴在地上
一动不动的寂寞

牙齿紧紧咬着嘴唇

漫步至乡村小学的门口,校园里一片漆黑
似乎有轻轻的啜泣声从里面传来
随后我靠在那浓浓铁锈味的校门上
悄悄嘲笑我的错意的
不是一群孩子,而是一群过去的日子

村庄打鼾,群星闪烁
白日的错别字全都不见
是一群孩子睡在我的心里
像野兔一样竖着长耳的警惕
哦,不是一群孩子,而是一群过去的日子

不要吵醒他们,我的心
像悬挂在树杈间的铜钟
夜风一阵又一阵晃着疲惫的钟绳
我的牙齿紧紧地咬着嘴唇
哦,安静,安静,不要把乡村的痛苦吵醒

内　详

树枝从树叶中掉到地上
脆响——一分为三的安静

月光从树叶中掉到地上
无声——用碎银购买的安静

我所熟悉的死者从过去的日子中落到
今天——我泪水浇遍的安静

还有我仰望生活这棵大树
每天的落叶赐予我的些许安静……

我把这些落叶扫成一堆安静
这可是命运寄给我没有地址的信——内详
哦，内详的安静

灌　溉

如果不说出白天的戒律
道路两旁的屋宇就会安静下来
我们内心的搅拌机
会将痛苦和幸福拌在一起——

松开双手，热爱生活
即使在日常的混凝土中
我们依旧支离破碎地坚持着

是的，黑夜将逝，白日将临
请秒之针继续
为我们灌溉那黑色的药汁
不要喊痛，也不要闭上双眼
请看看星空对于众生的奖掖！

零点时分，儿科医院的尖叫依旧嘹亮
令秒之针战栗、断裂……

令子夜暧昧的雨声一阵阵

将众生的屋宇打湿

杂 技

无能为力不是因为他是男人
也不是因为他是卡车
后来一辆轿车开进了他的身体里

说得越快,车的速度越快
直至最后,他疼痛不已
生下一辆自行车

丁零,丁零
他和他的自行车
一转弯
已变成了独轮车

他划动的双臂像蝙蝠
又叫他的平衡术

一顶鸭舌帽

没有帽子的月亮总是被人升起
还照见了那木柄斧头
那已被砍伐的迷惘
那未被砍伐的畏惧

风中拾银币的人
铁轨上吃橘子的人
未名湖底看金星的人
如果他们一起唱起歌来,我们就会醒来

没有帽子的月亮照着斧头
它的薄嘴唇,它的白牙齿
那呼叫的,那狂奔的,那叹息的树木
会——回到纸中安息

激流岛的泡沫被撞成了细雨
山海关的铁轨永远平行

没有帽子的月亮
总是被人升起在未名湖
还有好心人给它戴上了一顶鸭舌帽

未完成的水洼

雨下了整整七天，水洼还未完成
那一个又一个水洼
是瞬间的忧伤，还是瞬间的欢乐？

被动的人就是如此，雨下了整整七天
水洼还未完成
幽暗的地下水道里
生活正奔流不息

我倾听着，那黑暗中的旋涡
一个又一个，转向了不可知的某处
雨下了整整七天
水洼尚未完成
而我竟变得如此泥泞……

在泥泞中我爱上了那个涉水过河的人
在泥泞中我请求你的宽恕

挂在墙上的人

墙上的铁钉
衔在我们的口中
并慢慢地蜷曲

地下铁
那些车会带着我们认识的人
或不认识的人
在我们内心开来开去
直到深夜
也不能停下来

不疼的时候,我们就咬住了墙
疼的时候
我们就看着天
天上的铁钉们
依旧亮晶晶

废纸们

我的头脑中被谁扔满了废纸
白花花一片
像一场积雪
献给了一个爱雪的人

有人在大声地呼喊
也有人在轻轻地哭泣
我的头脑中被扔满了废纸
白花花一片

废纸们紧咬嘴唇
直到深夜,一团团废纸
在星空中缓缓松开了嘴唇——
哦,日子也叫败笔!

遍地是忧伤的碎银

遍地是忧伤的碎银
月光是日子的灰烬
未燃尽的是对霓虹灯的热情
那孤独的塔影
总不能使一群草俯首称臣

如果仅仅是我唇边的一群草
如果我的沉默不是因为牙疼
那月光就是日子的灰烬
遍地是忧伤的碎银……

采 集

我总是被微小的幸福击中
比如我的近视眼被担忧
被不近视的亲人们扶住的时候
我只能把眼睛紧紧闭上——

在那简易阁楼的天窗下
我像一只小眼睛的老鼠
在熟睡或失眠的亲人们的鞋子里
守候着

我想采集泪水、微笑和诗歌的星光
浇灌那些微小的幸福

这一天

有人收藏犀牛杯
有人收藏银簪
蹲在工厂围墙外的母亲
她每天都收藏
这条穿墙而过的废水沟里的
剩饭粒

她捞出那些废水中的闪亮
并将它们
摊放在竹筛中——晒干
那些晒干的剩饭粒
装在瓦罐中
像是装满的碎玉石

母亲说，到了饥馑的日子
可以凭此续命
她忧心忡忡的样子

仿佛她预言的那一天
就在眼前

父亲则收藏旧日历
一年又一年
翻阅过的日历
他说总有一天
生活过的日子
还会重过一次

这一天
好像也没有到来

重大的谎言

总是抡起拳头的父亲
竟会问起我写诗的事
在一盏玻璃罩煤油灯下
我说我在写……诗。
"丝?"他满脸迷惑——
"什么是丝?"

他会问到蚕茧以及桑树林吗?
我低声说:"写诗如发表可得钱。"
面对我窘迫的谎言
不识字的他堆满了笑意
大手拧亮灯芯
"那你多写点。"

灯芯在我的眼里
滋滋燃烧……火焰越亮
焰心就越是空旷

自我的惩罚与纠正
从不并存
就像我不能不继续写诗
也不能不继续说谎
但从此失去了
秘密写诗的奇迹

失败之诗

仅仅一个转身
蚂蚁们就爬满了
供在父亲遗像前的那碗午饭
这白米饭,这黑蚂蚁
再次替我默写出
那行失败之诗

三十年前,也是初夏的正午
仅仅一个转身
蚂蚁们就爬满了
搁在田埂上的一碗白米饭
如此粗心,如此潦草

树荫斑驳,白杨叶闪亮
半裸上身的父亲大口吞咽
腮帮翕动,喉结起伏:
"宁吃蚂蚁一千

不食苍蝇一只。"

一想起这些妄图搬运的黑蚂蚁
那清脆的咬嚼声
仍然轰隆回响
父亲，使我写出了那失败之诗
这白上之黑的惩罚无边无际

夏日黄昏的雪

陷入夏日黄昏的人
如果不转过身来
他会拥有冗长的啤酒、冗长的落日
和耷拉在肩头的旧背心
如果转过身来
会有一堆
反逻辑的雪等着他
这堆蹲在黄昏街角的雪
为超大冷藏柜除霜产生的雪
在冰块的身份得不到确认之前
融化得有些迟疑。雪的水
在滚烫的街面上
慢慢勾勒出一个漆黑人形
仿佛是在表扬一个人
或诽谤一个人。而在落日里
说起那个被冷藏多年的人
表扬等于诽谤

如果不转过身来
这堆雪也等于废纸屑

这年头的雄心

这年头的雄心
还会是黎明时分的鸡鸣吗?
这只寄居在隔壁菜场的雄鸡
不知道为什么还没被人买走
任由屠夫杀掉那些母鸡
有好几天
它总在铁笼里长啼
比手机提醒更为有力、清脆
恍如有一个吹铜笛的人
寄居在它的身体里
"明朝舂黍得碎粒,第一当册司晨功。"
凑着菜场门口的路灯
念完这两句陆游的诗
天就亮了

脾　气

庭院里砖缝中
长了两片叶子的油麻菜
也开了花
这是伊的脾气,属于十字花科
不属于十字架
在伊的头顶上
是硕大的晚樱,肥胖者的脾气
伊都有,说话大声,鼾声放肆
败家子请客一样
肆意洒落那些花瓣
可又对了谁的脾气呢
"连老天爷也只对了天下一半人的脾气"
这是伊的口头禅
任老天爷一会儿刮风
一会儿下雨
还把大老远的黄沙
砸在这个类似黄昏的下午

伊的窗玻璃叮当响
伊隐忍着腰间盘突出
伏案抄写《金刚经》

过往的哀恸

过往的哀恸
像又肥又重的泡桐花
春风一奚落,它必然落下
去压断
蒲公英的小脖子

到处迸溅的
蒲公英的乳汁,仿佛昔日的荣光
瞬间灰,瞬间黑
等同崩溃春天的见证

灰尘满面的油菜妈妈是名词
它带着怀孕的籽荚
胡乱倒伏,又胡乱地失眠
它的停滞
如疲惫不堪的逗号

见证者
还有攀爬在铁栏杆上
大把大把
乱开的荼蘼

掉了漆的铁栏杆再锈蚀
也得原谅
这遍地的落英

些许的凉风也是奢侈的

玻璃融化的时候
无数个影子
在热舌头的舔舐下
弓着腰退缩

有人说,清晨
那节省了一夜的
些许凉风
已均匀临幸到
每个人的头上
现在必须承受
这命运的暴揍

——可那些许的凉风
是什么时候来的
又是什么时候离开的?

有人说……没有人回答
这就是热舌头缄默的苦夏

咬紧牙关的草都成了稻草灰

萁
是豆的萁
它举着
那盏沉默之灯
在田埂上走了七步
用狂草
写下了
豆子哭泣的事实

还有一根稻草绳
捆住了稻草们的事实
稻草绳把不甘心的稻草们
——送到了
火的舌头上的事实
稻草绳后来变成了家蛇

咬紧牙关的草都成了稻草灰

留有余温的黑烟囱
等于虚构

卖掉旧书的下午

你的惰性,可能传染自知识分子的
小清高。这样的姿态
应配上一对灰白眼
目睹左右手的相互镇压
那些长得不算快的指甲哦

本周星座运势
依旧算到了你的星座
"宜朋友圈点赞,谨慎资本交易"
这样的提醒不是第一次
也不是最后一次

如此循环的宿命
可顺从,亦可背道而驰
点赞伴有不情不愿的微疼
而做趟小小交易
你会忘掉几支运气太差的

私房钱化成的股票

你把自己放在反动者的一侧
松弛的腹部多了真气
仿佛练了许久的气功
挑出了那些运气不好的旧书

不,这不是你忘恩负义
先是它们有埋葬一切的野心
如果你放慢慈善家的步伐
对视过的,拥抱过的,打开过的
终会堆出深坑

"旧书不值钱,旧报纸更是
今非昔比。"这个下午,不说忠心耿耿
也不说那同窗共剪
眼高手低的人
会喝不到对楼那杯拿铁咖啡

些许的怀念是矫情的
(价格低到了每斤一毛五)
你俯身捡起落下的老书签

（肯定被那黑胖女人偷了秤
这和星座运势上说得一样准）

卖掉旧书的下午
多出来的书房小空隙
也没压住目光的凌乱
海德格尔那些怪名字继续见证
你顺流而下的懈怠

那些说不清楚的时刻

说得清楚的
是出了蛋壳的小鹅们
那弱不禁风的
鹅黄

与它们的鹅黄
相比肩的
是刚入幼儿园的你
为离别的哭泣
贡献出满天空的
唇红齿白

母亲把小鹅们放到床上
把莴苣叶剁碎
拌上细糠碎米
它们是妈妈的小儿子
它们是你家的座上宾

可你说不清

是哪一天哪个时刻

长出了第一根白羽

替代了那动人的鹅黄

就像你也说不清

什么时候学会了痛苦时

坚决不哭诉

失眠者不合时宜

失眠者不合时宜
四月说来就来

误喝了茶水的孩子整夜不睡
到了白天,他像软软的瞌睡虫
寄居在衣架上继续沉睡

他不能上高楼
他不能到河边
他的疲惫他的眼泪
他的愿望是一支蛋筒冰激凌

四月给了一枚老月亮
挂在他的灰指甲上,冒充巧克力

这无限的结满豆荚的四月
这无辜的青草正漫过坟头的四月

他不能上高楼

他不能去河边

青豆荚，黄豆荚

庇护着永生的苦种子

一分为二的老哲学

过了七点,再做劳动人民就太晚了
不如去公园里做群众

绕着幽亮的人工湖转圈
北半球的逆时针

广场舞:自己骗自己
健身房:花钱的苦药片

吞下去……苦尽不一定甘来
散步天生就会,没人带着鞭子

踩疼彼此的脚印,不甘心啊
被迫躲到了陌生的国度

有时像逃难,有时像流放
看心情,也看腰身

那个瘦男人，总将衬衫塞进腰中
其实是老哲学：一分为二

还有他的小屁股！"这样的身材
最好配上一件连衣裙。"

然后飞起来，飞起来
此时的散步就可叫漫步

沉湎于这尘世太久

沉湎于这尘世太久
转过身
才能编好一根马尾辫

比喻中的睡眠
后颈上黝黑的褶皱
还有被手机管制的白天

光头司机丢下载重卡车
在十字路口
蹲马步

其充满戾气的黄板牙
可以忽略不计

所以要嚼蚕豆,所以要按喇叭
终于在立交桥下

辨认出

那只

惊恐的旧皮鞋

小夜曲

在每个夜晚的逍遥
把满是汁水和唾液的黑筷子
摆成了同穴的老夫妇
共同拆卸张牙舞爪的小龙虾

留下满地的一次性手套
如蜕了皮的手指们
在虚空中弹奏……
类似这样的战栗
平衡了含冤和昭雪

三年前复建的水泥牌坊
斑驳,塌落,更像经历了几百年
偏安于茫茫岁月
在人群密集的小县城
交换着彼此的幽门螺杆菌

一退再退
退到剩下的几页方格稿纸上
连诉状信也不写吧
罪和爱还沿用原名

毁 灭

有的树叶毁于风大
就像有人毁于话多
有的树叶毁于
一滴雨,一粒雪
甚至是一粒小小的蚂蚁
就像有人会毁于
某件微不足道的小事

也有一些树叶
会毁于没有耐心的环卫工人
就像坚持的人
是稀缺的,也是悲伤的

环卫工人的扫帚拍打
细瘦的枝条摇晃
落下来,全部落下来……

时间到了

有人,就这么毁于睡眠

傍晚的风突然转向

没有奇迹可说
也没有失败可言
这个夏天说来就来
连同灵魂里的某些水潭
突然干涸
多像是刮了一整天的西南暖风
在傍晚时突然转向
你所渴望的咖喱和菩提
全都不见了
这种小小的惩罚和恩赐
傍晚的风突然转向

瓷寿星

有时，伊就是真理
就像伊的白胡子、红嘴唇：
唯有一知半解
才可以滔滔不绝

有时，伊一言不发
谣传中的德行落满了灰尘
伊就用勉强的笑意
表达充沛的愤怒

不孝的人实在太多了
伊自杀过，又被救起
——伊和这个世界的裂口
就这样越来越大

清名桥之夜

半辈子的矜持

比不过三十年前初夏的彻夜大醉

那熟稔的鱼腥臭

令红色的灯光、绿色的灯光

和橙色的灯光

都搅和在这末世之美

和暧昧的联想中

再次归来

桥上的人依旧疲惫

游船上的人

有一部分假装抒情

还有一部分后悔

被藏到缩小的瞳孔后面

这叫清名桥

这叫古运河

这叫水弄堂

暗自上涨的水令船头逼仄

必须躬身过桥
就如必须躬身
向破碎的亘古长夜致敬

南瓜抄

秋天坐在父母的墓前
并不是为彰显孝心
用锡箔纸钱宽慰自己
那些草早高过了墓碑
——也不是为了拔草

死亡从没有缝隙
坟前乱草丛中的南瓜也是
它像一只旧灯笼
挂在我北向的书房里
和它对视，总是目眩

一个冬天的默读课就此结束
习惯于随便翻翻，习惯于
纸钢琴上的乱弹
过了春天，被我忘记的南瓜
溃烂在我的旧书堆里

像在警告一个人的忘恩和负义

已没有一粒南瓜籽是饱满的
也没有一页日记
可以当众朗诵
它完成了小倾塌
我完成了小浪费

必须有一副热心肠

眺望不语的三五牌老木钟
它有双瞌睡的单眼皮

必须有一副热心肠
才能在焦山下
埋下尴尬岁月喂养过的灰鹤

《瘗鹤铭》那么胖
"鹤寿不知其纪也……"
能报时的不仅是镇江火车站的钟楼

出发的继续出发
铁轨是蘸满扬子江水的
两根鹤骨笛

趁着十指未黑
屋漏即将完成

你得计算

你与铁皮火车的相似度

苦　嘴

二哥说，在芒种后再下雨多好啊
可老天爷从去年秋天
就用这雨水搓绳子
越搓越长，越搓越来劲
算起来，这雨绳做成的鞭子
应该算到去年秋天
雨鞭子推迟了晚稻的收割
后来这雨鞭子
又搓成了雪鞭子
能从土里长出来的小麦
就算是命好的一批
二哥说，电视里还在说
"受高空低槽和切变线影响"
不懂是什么意思
反正继续中雨、小雨
反正麦墒里积水太多
本来麦子也不值几个钱

再收也抵不上工钱
有人家不准备收了
你写过的"麦田的新衣服"
都变成烂衣服了
有些麦子泡出麦芽了
"连根都泡烂了
哪里还有烧煮麦芽糖的草?"

为妈妈表演吞针术

拔根头发做根针

已是传说

这年头,梦不到

低头磨铁杵的妈妈

仅可感到沉默的铁杵

在焦灼之洞里

慢慢下沉。越来越少的耐心

已遮不住

日渐荒芜的身体

还可继续表演吞针

缝棉被的1号针

比纳鞋底的2号针勉强

在吞下3号钉衣针之后

还喝了一口残茶

更短小的4号绣花针和5号串珠针

竟也吞咽了许久

好在吹向空村子的风

也收干了额头上的汗水
好让这个爱魔术的小儿子
必须在子夜的白纸上
吐出藏在舌下的
那根锈蚀之针

旧书堆总时不时倒下来

日子
那么冷,又那么空
旧书堆总时不时倒塌下来
仿佛是为了不辜负你的眺望
院子里那棵枇杷树
又在开花了
如果有一场雪
落到旧书堆上
如果你能烧掉昨天写的诗
孤独的枇杷
会变得奇异的酸甜

芳香也是罪过

如果词语能够控告修辞
如果水果店那只关了一夜的狸猫
能够控告那些水果们
新鲜或者腐烂的芳香
如果昨晚在猫的喊叫中
写下的诗句
都能万古流芳

其实都是妄想和徒劳
恰如芳香也是罪过

万花筒,斑地锦

想象力一停滞,万花筒的图
就是满院的斑地锦

它的焦渴它的蔓延
——酱油般的除草剂
还是选择性多忘症?

在写好字的空格间
把草甘膦的律法
抄写上一千遍
也得在斑地锦的洪流前住手

羞怯:为习以为常的偷生
——小小的庆幸同样是

在众目睽睽的遗忘中
它依旧贴着缝隙

像恻隐的血在筋脉中
匍匐和占领

斑地锦,斑地锦
徒劳之日无以计数
它只要描出其中的一幅

伊

——致亡母

沙尘过于丰盛
再说饥饿就是谎言了
伊啃着马齿苋的牙齿
伊踏在车前草上的马蹄
死死咬住地面的马鞭草
是伊的乱头发
加在一起
就是半部芳草录
当贫瘠的井给了一碗清水
伊必有朵羞怯的马兰花
这匹不识字的母马
总在嘘唏的齿缝下
给每簇灰头灰脸的野菜
留下重生的须根

北门槛

悲伤说来就来,和说来就来的雪一起
扑向背阴的北门槛
目睹门槛上的踏痕,悲伤说来就来
仿佛那个独目跪求的蓝衣香客
另一只眼睛紧闭
一行诗
也就是一行字
也等于一队行进的蚂蚁
悲伤说来就来
蚂蚁们要越过那背阴的北门槛
悲伤说来就来
这是书名,也是经文

池 塘

池塘也是无法平静的
这一年的池塘里
盛满了星辰、垃圾
和一个读书人的悲伤与寂寞
那些悲伤,那些寂寞
和时常冒出又消失的气泡
不可信任……
唯一可以相信的
是那个溺水者的发言
池塘也是无法平静的

落叶滚满山坡

枝头光滑,时光无辜
来不及被风吹的落叶们
像沉默的果子
滚满了山坡的草丛

——仅仅是暂借啊
在这暂借的人间里
沉默是最好的赊账

熊

轮回总在提醒
不要把腰挺得太直
旧瓦檐下家蛇的小眼睛
比雨点还闪亮
旧砖缝中几只扁着身体的老蟾蜍
为了那几张不完整的蟾衣
草稿都修改了很多次
千万不能在冬天
拆掉故乡的老房子
否则所有的脖子就疼
否则那只虚构的黑熊会睁开眼来

结在高处的柿子

结在高处的柿子
在风中晃荡着
是不是在嘲笑摘柿人的个子

这个问题已无法考证

反正柿子是红的
竹竿是愤怒的

受伤的枝条
白生生的,像必要的修辞

哦,修辞,修辞
修辞就是
掉在地上的柿子
吐出了厌恶的舌头

倾斜的太平洋

太平洋倾斜的时候
你还在一捧药片的照耀下昏睡
梦见了什么,醒来就忘记
这年月的睡眠等于
自我流放

把重力的事情交给跑步机吧
经纬负责定位
脂肪负责念经
那道地球同步轨道在天上
像昔日班主任啰唆的鞭痕

错得太多了
留在日记中反省
还是做笑话一笔略过?
转动轴咯咯作响
腰间盘疼得一声不吭

环绕啊,环绕速度1.91km/s

逃逸啊,逃逸速度11.18km/s

理想啊,大肚皮,小腿肚

要摆脱太阳的引力

你得大口喝下

贮在冰箱里的隔年碧螺春

修行与自嘲

"纷扰不惊实在太难了
我,坚持不说口渴的小蟑螂"
——这样的修行,这样的自嘲
并不能令愤懑的下午平息

这真不是件值得叙述的事
扫了五遍的地
地缝中还是有几根落发
有的全黑,有的半灰
并不构成此生的一对矛盾

即使满怀愧疚
也得借助落满灰尘的自行车
吱吱呀呀地拐过人民路
再穿过解放西路。漏气的车胎
漏掉了破巷子的激烈和颠簸

死了两任老婆的理发师的左手
配合荡刀布上反复磨蹭过的剃刀
在面颊上刨冰犁地
犁这稀疏的毛发，也犁那乱窜的胡须
"如此生硬，朕又疼又辣"

小团体之歌

到处都是散的
两只手也拢不起来

点赞也叫献媚
请为快递员的盒饭添双筷子

火把是禁止的
允许打开苹果手机中的电筒

矫情又名偏执
小幸福,在晾衣绳上晃荡

似乎有涟漪和荡漾
——这虚度的子夜糖

围着红包烤红薯
我们可宣誓:红薯派

盛大的夏

眺望者总是扁着身体
生活
有时候,他也凸起某个部分
怀念起盛大的夏天

有许多地下蝉沉默
枝头的蝉则喧嚣不已

无论是沉默还是喧嚣
不相交,也不谅解

老友记

第一天胖,第二天就瘦
两个下午,都是一个感觉
我们都老了
两个下午,总是两个不断衰老的人

可是还要隐忍
我真正要说的话
丢在了那幽暗的堂屋里
可是你要知道
即使昨天戴过的口罩也有微光

两个下午,口罩和我不安地走动
两个下午,那些腾起的灰尘
会依照两个下午的耐心
填满皮肤和岁月的缝隙

走　廊

所以，下午的穿堂风
会间歇记起年轻时的梦想
所以，那棵紫薇树
一个夏天都在呐喊
它的红花，它的白癜风
总是抵不上树根的无知
所以，你熟悉的那个小公园
你熟悉的那个谢顶老男人
总是倒挂在树枝上锻炼
即使没有感叹的心
他也像个象形的感叹号

表演者

表演的中年,像涂了防腐剂的汉堡
在你的面前,怎么吃得下去

那些在暮光中打牌的老人
面容模糊,渐渐
丢掉的是我,一枚小额的硬币

深秋的蝉鸣,只是几声

来到秋天的樱花树下
那些秃顶的枝头有几片叶子掩饰着
就像是日记里的嘲讽

废话游戏

绕小花圃一圈
就明白纸上的废话游戏
有的花下场了
有的花刚刚登场
此刻最灿烂的是茶梅
向阳处的茶梅
比背阴处的茶梅胖很多
它在喘息
它们在喘息
吁吁，吁吁
停不下来的
吁吁
红嘴唇，红嘴唇
热气腾腾的红嘴唇

苦月亮,白眼狼

麦地失火之前
父亲就上岸筑路去了
所有肮脏的河流
都被人们赶向了大海

坚硬的混凝土的大路
是遥远的不相干的大海
也是五月初五的
苦月亮

苦月亮吞下小脚妈妈的斧头粽
苦月亮系着苦命小弟采回的艾草

在失火的麦地面前
你必须要
掷出
一把生锈的镰刀

父亲,父亲
听到救火的锣声
拎起最寂寥的眼皮的
肯定是那只白眼狼

辜 负

风湿是一个会影射的词语
所有的风都会在你身体里
影射成疼痛的水珠
也等于所有的词语
都会在舌头上化为诺言或谎言

没有人提醒过你的宿命
也没有人说过厄运之和
唯有童年顽劣的表演
都有可能成为芬必得的理由
比如那次初春赤足
还有那次秋后跳水……

——是有人怂恿，还是有人鼓掌？
我无法想起行动的理由
通晓缘由的父母早已过世

现在,只能由风湿之疼提醒
你所辜负的季风、祖先和词语

小运河

隐忍了半夜
雨还是下来了
像隐忍了半辈子的悲伤
也像是半夜里
疲惫的亲人刚合上的眼皮
他们看不见的
打碎了窗玻璃也看不见
我手捧着的那些雨水
无法收拾的那些雨水
你说说我能怎么办
它们隐忍了半辈子
也没能像露珠一样透明
唯独那些窘迫的积水
仅仅半夜
就把我们居住的街道
改成了小运河

漫长的午睡

那些骨头们总是在奔波
其实奔跑并不优于漫步
过了十二点,都得在不甘中
搭起午睡的茅草屋

如果不甘于上午聒噪
如果也不甘于中午饱食
可前面是时光,后面也是时光
这漫长……漫长得近乎啰唆

不甘的也是服从的
还是让世界暂时
从喧闹的高楼上
跳到寂静的地面上吧

休理那些暂时散落的骨头们
无所谓悲剧,也无所谓喜剧

在漫长的午睡中
你得为骨头们积累
半生的脂肪、惰性和燃料

鹳雀楼

在夕阳下写自己的名字
还有什么用
没有鹳雀楼的影子
也没有我母亲的叹息
对于她,我早负恩已久
所以,居住乡村墓地中的母亲
她的沉默并不是她的沉默
而是她墓前那棵树上
并没有我寄回的鹳雀
它们不肯代替我回乡
我只能在这里眺望
夕阳又下,你看看万物安宁
唯有我在惊惶
惊惶的不是即将到来的黑夜
也不是那永恒的死亡
我只是惊惶,生命中
有多少请求,就有多少歉疚

就像母亲墓前的那棵树
在这个黄昏国度里
等于那个惊惶的名字

原谅的牛皮

原以为最黑暗的时刻
是父亲被老牛触伤
父亲胸前暴躁的伤口
乡亲们聚餐时饥饿的胃口
瞬间,只剩下那张老牛皮
挂在土墙上

原以为最黑暗的时刻
是我头顶的银河突然枯竭
母亲去世的那种空
比披在我身上的牛皮蓑衣
更加清旷

原以为最黑暗的时刻
要有衰老,也要有风雪
站在溃塌的半堵土墙内
和故乡并肩眺望溃败河山

其实错了！最黑暗的时刻应该是白天
应该是中途，应该是去公墓的中途
我披着人皮回头张望
那原谅的牛皮已不知去向

这年头的木头

这年头的木头
总是败于塑料或者不锈钢

所以每天都有那"哗啦"一声
倒塌在荒凉的家具店里

——那些沙发背上倚过的头颅
椅面上烙过的屁股印
统统移开了
他们的占领

"哗啦"一声,全都不见了
连塞在桌缝里的旧鱼刺
也忘记了哽喉的疼痛

老灰尘老木头的味道里
多了一些类似

青春骨折的伤口
其实,那也是缺了钙的陈腐

"哗啦"一声,木头腿
"哗啦"一声,木头手
"哗啦"的木鼻子,"哗啦"的木尾巴
还有"哗啦"的小木凳
早不明去向

长夜里的夹竹桃

白天目睹过的一切总是不能说起
比如夹竹桃的花
开得那么恣意
却不是真正的桃花
比如这个长夜里
以泪洗面的人
不是为了这个国家
种多了夹竹桃
也不是为了这个国家的天气预报
每天都有的预警
当然也不是他突然闻见了
夹竹桃的花香
长夜里,那些吸满尘土的夹竹桃总是在开
又总是在落
如同那些无人可亲的霓虹灯
沿着空旷的街道
浇灌它们孤儿似的哀伤

这世上的小峡谷

多年的近视眼
早习惯了瓶底般的玻璃
就像早就习惯于
白纸和黑字
习惯于电视的无声
那些人张合着嘴巴
在屏幕上交欢和觅食
按返回键是可行的
但缄默的人间是不能的
近视眼镜后的泪水也不能
天气预报时间到了——
某地八级大风,某地大到暴雨
某地有泥石流翻滚
那些标准普通话
像扔出的豆子
一粒又一粒
填补他在这世上的小峡谷

总有几把铅笔刀是饥饿的

总有几把铅笔刀是饥饿的
它们咬住手指肚
疼得皱眉头

"拇指代父母,食指代兄弟,中指代自己,
无名指代配偶,小指代……"

亲人们
并不知道他们的伤口
我,只是这双手的权宜之计

不削头发
削铅笔
不削铅笔
削指头

愈合了的新指纹

也是老指纹
这是创可贴的伪道行

可用新生的指肚做橡皮吗？
可把这辈子写过的字
用小心翼翼的铅笔
再改写一遍吗？

两颊的金印不语
流放于这茫茫废纸堆
我是低头削铅笔的指头陀

路上总会有些零散的谷粒

每个黎明,那些亡父饲养过的老牲畜
总是背着我的梦想出门觅食

但是父亲,用书写浪费时光
比掀掉身上的被子更加艰难!

所以,更多的时候
在光线渐渐明亮的时辰里
我睁大眼睛缩在被窝里
等待心中的野心
慢慢黯淡……

路上总会有些零散的谷粒

每一粒固执己见的稻谷

每一粒固执己见的稻谷
都有它自己的命定
像一个固执的人
必须学会闭口不语
才能收拢住内心的波纹
那些运漕粮的船舱
驮来了整个夏天的闪电
和几滴隐秘的露水
如果说起镰刀
就得说到大窑路上的磨刀砖
说到无锡的雨巷
还有古运河边
那更为疲惫的石磙
它的旋转是这个星球的旋转
它的碾压也是这个星球的碾压
如果睡眠等同于脱粒
那么写诗就等同于

怀着怜爱之心的你
在无锡的米码头
见证了一粒全副武装的稻谷
在碾槽里
被剥去了那固执己见的壳

大家都有挖土的任务

再暧昧的夜晚

也是这个星球上的夜晚

比如古运河边的书码头

那个姓马的小生

他比运河里的水更清楚

大家都是这个夜晚的过客

他竖抱于怀的琵琶

如果用夜太湖做音箱

可比楠木制造的客厅

藏得住更多的

表妹、残茶和瓜子壳

他的唇红齿白

不会比一条短信

在手机里留存更久

一支曲子终了

就是这个晚上的终了

空旷的夜晚无边无际

恰如此时的寂静

也运走了众生和碎片

大家都有挖土的任务

此刻在人间写诗

就是悄悄

挖掘一条长长的大运河

亥时清单

亥时
不知道哪里的猪在熟睡
任凭咣当作响的铁皮卷帘门
次第打烊
一天的利润之光
刚漫过薄薄的脚背
亥时,手机的微光
恰好能照见暗黑的老楼梯
亥时,闲下来的街道
就是夜班编辑的热心肠
他把每天的足印
消化之余。还继续磨损
一只带根号的老计算器:
究竟在数十亿岁的银河中
有多少僵尸般的行星在游泳
亥时,秘而不宣的童年
是他身体里的望远镜

腌臢记

割下油菜籽妈妈头颅的镰刀
气喘吁吁

日记合上之前
不要听从
无头菜籽秆们的控诉

慌不择路的菜粉蝶
像白浆果
叮叮当当地撞在挡风玻璃上——

那么多的贪恋
那么多的欲罢不能
那么多的我
在腌臢中诞生

十年前的秋天

十年前的秋天
母亲还在,从老家过来的秋风
有些酸楚,充满了新稻草的香味
那些从新稻草中穿越的秋风
现在到什么地方去了
十年前的秋风
辜负了老孤儿的等待

老孤儿说,还是不说
秋风还是来了
空荡,空旷,还是空虚
十年一个转身
什么都是岁月的赌物

这么漫长的岁月

这么漫长的岁月我如何熬过
比如这么长的白天、这么长的夜晚
这么长的分钟和这么长的尿意
你站在这么漫长的走廊上
看着那么漫长的秒钟
垂下头

歪斜在旧书中的旧日记本
上面的暗恋早记不起来
当初想烧掉的
为什么留下了这一本？
还有，现在没有煤炉了

八年前的暖水瓶里
现在还是
满满的水

另一个地址的兄弟

上个月移栽过来的草
现在竟然结出了草籽
看上去,这块乱草坪那么焦黄
就像是刚过了一场野火
现在还是夏天啊,不是
必须要死亡的秋天
就像你在电脑上搜索出来的名字
有些是你的名字
有些不是你的名字
有些是你的故事
有些不是你的故事
可它们还在人间
还在一个角落
看着寂寞的你坐在电脑面前
无聊地搜索有关自己的名字
有些新闻你都恍惚了
只是相同的名字

人家的名字
也许比你拥有更多的沧桑
也许是你另一个地址的兄弟
就像那些移栽过来的草
还在成群结队地奔向死亡
在割草机修好之前
它们把这当成了最大的快乐

它们都需要早安的慰藉

身边的事物和脚下的土地
总是陪我们度过这漫漫长夜
所以到了清晨
它们都需要早安的慰藉
唯独你,这个疲惫的停车场
休息了一夜的车辆们
早晨比夜晚更多倦意
颜色不一的车顶
同时现出了蒙尘的供词
也许我应为你坦白老牛棚
这么多年,我一直想
用童年的安静抵抗时光的喧嚣
其实,真正的安静
是那群栖息了一夜的
在晨曦中眼眸晶亮的老牛
比陈年的草垛更为安静
值得学习的是它们从容的喘息

值得学习的是它们沉缓的反刍
值得学习的
还有那些磨得发亮的铜环
可以提醒那些夯拉的反光镜
如果你和我一起等待
你所渴望的亡父和犁铧
都会映射在早安的露珠里

疲惫之夜

那个夜晚,一个少年拎着
一只装着篮球的塑料袋
走过,他的疲惫只是暂时的
恰如那个倚在门口嗑瓜子的女工
落了一地的瓜子壳
待会儿还会被她扫去
只是她愿意这样
还有那个水果店的胖子
比镜子里的水果
更愿意跟我这个被生活抛弃的人
打招呼:晚安了,晚安了
如果睡得着的话
你还要梦见今天晚上
看到的这一切

脂肪也可以理解一切

脂肪也可以理解一切
比如《论语》中的子曰
比如那些年轻的洗车人
粗暴地擦着你的车辆
那些戴着高帽子的小厨师
刚刚上完厕所
就徒手准备你爱吃的小馒头
脂肪可以理解的
精心养育的孩子们
必须送到学校去磨砺
再回到你面前
会把所有的压抑和忍耐
转变为坏脾气
脂肪可以理解的
还有你的谢顶
到了中年才会恍悟
平原有平原的缺陷

你所向往的大山
也总有坏脾气的塌方
堵塞道路和你的呼吸
脂肪可以理解的
也是牛皮裤带可以理解的
它的扣眼
肯定不等于它的否认

每个人的白门牙

老友们的脸色已换成了
来年的模样
都在恐慌,都在枯竭
草履虫也许久不见
我以为,这座空空的意杨林
只能在这座木板厂的隔壁
默默练习写诗
意杨的叶子落得太多
也不能去看它的木材粉碎机
嘴唇上干焦的死皮们
即使不替芳香的胶水辩解
机器也会制造出
新鲜的胶合木板
它们倚在树干上晾晒
多么寒冷,多么肃穆
仿佛大家的白门牙

所有的仰望

老朋友们的温暖
总是在我的另一个地址上
未完待续。待续的还有那些
被意杨们取代的冬青树
不是悼念,而是怀念
那个有冬青树围墙的小学校
我和一个王姓少年
拥抱着度过了求学的冬天
最初的冬青树
就站在四处透风的窗前
最初的觉醒
发生在一个结冰的早晨
所能想到的羞耻和不安
肯定被那些冬青树掩饰
那么饥饿,那么紧张
还有那么瘦小
竟然有那样的春梦

但我从未说起
包括如同另一个我的王姓少年
包括那些被意杨取代的冬青树
还有后来冬青树的花香
每天都在提醒
那个夜晚的春梦……
啊,冬青树必须长青
那晚的温暖也得铭刻
如今的荒唐已是习以为常
遗忘更是如那些疯长的意杨
为我涂抹着冬青树围墙里
我和我所有的仰望

你所向往的大山
也总有坏脾气的塌方
堵塞道路和你的呼吸
脂肪可以理解的
也是牛皮裤带可以理解的
它的扣眼
肯定不等于它的否认

每个人的白门牙

老友们的脸色已换成了
来年的模样
都在恐慌,都在枯竭
草履虫也许久不见
我以为,这座空空的意杨林
只能在这座木板厂的隔壁
默默练习写诗
意杨的叶子落得太多
也不能去看它的木材粉碎机
嘴唇上干焦的死皮们
即使不替芳香的胶水辩解
机器也会制造出
新鲜的胶合木板
它们倚在树干上晾晒
多么寒冷,多么肃穆
仿佛大家的白门牙

所有的仰望

老朋友们的温暖
总是在我的另一个地址上
未完待续。待续的还有那些
被意杨们取代的冬青树
不是悼念,而是怀念
那个有冬青树围墙的小学校
我和一个王姓少年
拥抱着度过了求学的冬天
最初的冬青树
就站在四处透风的窗前
最初的觉醒
发生在一个结冰的早晨
所能想到的羞耻和不安
肯定被那些冬青树掩饰
那么饥饿,那么紧张
还有那么瘦小
竟然有那样的春梦

但我从未说起

包括如同另一个我的王姓少年

包括那些被意杨取代的冬青树

还有后来冬青树的花香

每天都在提醒

那个夜晚的春梦……

啊,冬青树必须长青

那晚的温暖也得铭刻

如今的荒唐已是习以为常

遗忘更是如那些疯长的意杨

为我涂抹着冬青树围墙里

我和我所有的仰望

意杨林

最清爽的傍晚
是正月十五之后的归程
没了鞭炮
新岁月刚刚开始
包括烟囱上的星星
包括我的愿望
用一个冬天吹酥的泥路上
印着布鞋上密密的针脚
有一声小小的叮咛
来自神秘的意杨林

日　子

说什么，还是要扯上你们
还是不要说什么吧
泥土里的亲人
你要当心
掘土机生锈的嘴巴
和我面前的日子一样贪婪

多年前的平原

那个生完孩子的农妇
平静,温和
仿佛这满天的阳光
都是她在灶后烧熟的瞌睡

远方,似乎有谁在喊叫
是她的,她的孩子吗?

于是,她睁开眼来——

我所写过的词语

那些草履虫哪里去了

这不是我要的夏天

冻死的企鹅在南非

而北方的庭院正在拆迁

没有西北风

那些老家的灰尘也管不了

那些草履虫

它们总是执着地出现

比如在我的书房

出入旧书信和报纸里

在拥挤不堪的阳台上

它们和那些多年前的旧物在一起

抗议我辜负了它们的脚印

其实,草履虫

这不是我要的生活

也不是我要的草鞋

这些年我所写过的词语

多像是使用过的避孕套
如果不是那些草履虫
它们还会丢在床底下的灰尘中
要永记它们疲倦的样子
它们用橡胶似的奔拉
提前模拟了
滞留在敬老院的晚年

旧地图的顽症

它的隐疼
是因为你保存了
旧地图上老家的河流

老地图上河流早已不可考
空留下那些蔚蓝的湖泊
那些湖泊之蓝也已面目全非
就像是在一次性水笔前
失宠的蓝墨水瓶

还是用蓝墨水瓶做一盏小油灯吧

它怀旧的关节炎
等于思乡的芬必得
等于气喘吁吁的虚胖
等于它的心脏病

骑车过江

已不能相信经线了
它们总是习惯于自转

所以
骑车的时候
不能相信经线

我还得继续向前
如果能够被纬线
绊倒

事实上
我还得和那辆破自行车
继续沿着这条路向南

一直向南
也许

就被长江的纬线绊倒

就像杂技人
就像苦涩的瓜蒂

它只是想说说哀伤

是的，它只是想说说哀伤

哀伤就像今晚的狼烟

这土地有深深的哀伤
这土地有最广阔的哀伤
这土地有说不出口的哀伤

说不出来，已经坚硬
像烧了一半的粗陶

懒惰的灵魂千篇一律

必须改变看世界的方法了
平庸的生活里
懒惰的灵魂千篇一律
可肉体那么苦累,那么疲惫
只好任凭路边的那些梧桐树枝
被夏天的园丁肆意砍伐了
那些中断了的梧桐树枝
总是不情愿地落在地上
一些手掌似的树叶
和我的手一样虫痕缕缕
再不要羡慕枝头上的喜剧
也不要相信
流着树汁的悲剧了
每个时刻都有许多这样的离别
在平庸的生活里
写日记和不写日记都一样
在一场暴雨到来之前

夏天的园丁得为那些商店的招牌
和危险的电线们
腾出位置

赎

孤独,比如孤独者的风衣
饶舌,比如饶舌者的鸭舌帽
比喻,比如比喻者的树瘿
掩饰,比如掩饰者的虚汗

——写下,就是罪行

消失的浆果

十年前,还是二十年前
我匆匆穿过那片杂树林
带动的风
也带落了一些成熟的浆果
打在我额头上的
仿佛是一些湿乎乎的鸟粪
但是芳香,温柔
比舌头上的谎言更加甜蜜

父亲们总死在秋天里

十天前立过了秋,此时此刻
算作是秋天的午后
但是沉闷,潮湿
似乎全身都是词语的鳞片
要数清人间有多少的苦疼
就去数一数
堤岸两侧有多少棵杂草
一些杂草结出了种子
一些杂草还怀着勃勃野心
向更远处蔓延
疲惫的江水已灌溉了我们几千万年了
可它还要继续灌溉
这准备收获也准备越冬的人间
上午十一点,一个叫查正全的老人
驾鹤西去。父亲们
总是喜欢死在秋天里
我永远会背诵他的儿子

死亡的那个春天

江水比现在清澈，流速远远超过现在

那道大坝还未竣工

八月十八日还是人家的八月十八日

八月十八日的父亲

还没有和八月十八日的儿子重逢

今天算是我的

今天的悲哀和疲倦都算是我的

用这样的重逢朗诵

这样的重复

我也写过油菜花

安睡的父母从不多言
所以忘恩的我
还可以在冬天
遥看到乡间的坟地
唯独奔波的春天
用越来越高的油菜
渐渐把我的眼睛遮住
如果不是还记得
去年在泥水中栽菜的深秋时光
我几乎忘记了
自己的来路
春天的时候
几乎所有的小路上
开满了我也写过的油菜花
它们摇晃出的灿烂斑点
瞬生瞬灭

在我的眺望中
全是疲倦的灰烬

我只有在深夜里散步

倒悬的蝙蝠声明它在睡眠
他们却说它不是鸟
也不是兽
我只有在深夜里散步

有时我深爱着自己
有时我鄙视我自己
深夜里我会带着我回来
那激情像磷火般空虚地闪烁

可你能相信一只睡眠的蝙蝠吗?
夜深人静的时候
我秘密地往墙上写字
你可要紧紧抓住那根树枝

微波塔

每天夜晚,我总是把我的忧郁
变成一盏灯笼
直到一阵风将它熄灭
之后,我坐在黑暗中脱着衣服
噼啪的静电张开了小眼睛

我赤裸着在房间里走来走去
丑陋的身体在黑暗中战栗
我把我的头颅放在手上
我又看见了那两颗星星兄弟!

啊,心在秘密旅行
而我并不知晓。我坐在一张纸上
安详地睡眠
我总是梦见微波塔

更多的尘土也要安静下来

更多的尘土也要安静下来
但二月的赦免是无望的
去春的一场洪水
早已不见踪影

一座又一座黑色的土窑
还在初春的乡下苦苦坚持
孩子,在滚滚浓烟中不要流泪
有一批外省的砖头
堵住了去年的窑口!

喏,运砖坯的拖拉机突突蹿动
它们溅起的泥点,更轻易地打到
新窑工的后背上
多像是墨梅,迟开在我的二月

入窑的尘土也要安静下来

我已看不清大风中的老家
有几只乌鸦,有几只喜鹊
在一九九六年的春天中乱飞

缓慢地转身

缓慢地转身
我厌恶我自己!
多少年代过去了
九十年代在缓慢地转身

那个年轻人还在举着他的头颅
他的专注,他的瘦削
我不知道怎样说自己
九十年代在缓慢地转身

数不清有多少人在我心中消失
我命令我安静
可是心很疼
九十年代在缓慢地转身

年轻的铁

自作自受,放下铁锤,他说道
并把通红的铁
放进水中,一阵蒸气
冲天而起,他的表情
一下子变得模糊

他说,他将打一把菜刀
他说,他将会把洗好的青菜
拦腰切断——疼痛?
这多么虚伪

瞧,水中的铁已变青黑
——这是年轻的铁,或者哑巴

蒙 霜

当暮色涌来,公墓旁的
那棵树慢慢黑了下去

而在书房里,我和那些书
像是在无边无际的田野里

整整一夜,树枝们都在战栗!
把封面上所有的灯打开
也不能让它们停止

我的左手
就这么扶住了固执的右手

爱,必须翻到下一页!
否则就得悲凉
否则就如树枝一样蒙霜

曙光示真

曙光
最先打在
薄霜之上
打在渐渐由薄霜分娩出来的
鸽粪之上
打在
孩子们前天扔的
已褪了色的土坷垃之上
打在稻草的灰烬之上
打在昨天刚修好的
铁皮的锈迹之上
打在青瓦做的眼皮上
打在那疲倦的屋顶之上
打在薄霜化作的露珠之上
打在那些微汗的额头上
打在
孩子们沾了粥皮的红嘴唇上

——往昔的苦乐,令曙光越升越高
打在更多的屋顶之上
打在更多的亲人们
更多的孩子们身上
并把我新鲜的疼痛和幸福
沿途播种

致——

这个夜晚,会有月亮渐渐地升上来
这个夜晚,月光会渐渐照亮
在这个三月四日的斜坡上
我,每年都会仰起脸来
并越来越羞愧

颤抖笔记

农历正月的月亮
总是从操场边的树杈中缓缓升起
这么清醒,这么冰凉
——树枝们在簌簌地颤抖
又一个苦乐之年开始了!

想想这一年虚度的月光……
那树杈间的月亮,像风吹不动的灯笼
赤裸的树枝们在秘密地传话:
喏,又一个苦乐之年开始了

无力的宏愿总是这样

母亲曾握过的铝钥匙
就像这么多年来
已不能再说起的宏愿
它还在我的口袋里
却打不开塑料纸包裹着的
"永固牌"铁锁
堵在老屋前而不得入门
这是一起日常事故
可撬锁,可练习夏夜卸门板乘凉的方式
沿着门轴
把两扇连着的门卸下
可进去了又能取些什么
透过门缝可扣响
昔日少年的木头枪吗?
喑哑的老屋和老家具
像父亲饲养过的老牲畜呜咽
比起墓碑上悲哀的黑字

堵在老屋前而不得入门
不会入选大事记
也不会成为我的逸事志
无力的宏愿们总是这样
不重提起，也不辩白
它在亲人们的默许下
不约而同地易了名字